駱英詩選

骆英◉著

作家出版社

2012.10.5 22:46 长河停

父亲死了 变成一个偶像 因为他再没有故意

也许 这是因为他曾打着年级人的时候也很残忍

他总是背后握着长长的利刃 瞄准并刺入敌人的胸膛

那时候他仅仅是另一个刚刚学会穿军装的少年

他在用一把剪子剪自己的时候 在操场上不出声

他翻滚着 扶助学生的操练他自己的胸口

管教人员把他当狗一样倒挂着 鞭打他只剩着喘气

由于他挣扎 那是对年轻的孩子最诚的喜欢

仅仅十几分钟他就从孩子变成了大人

因为 那只鼻子在他们的手掌里变成了更厉害的东西

在革命需要战斗的时候 他就战斗

在革命需要牺牲的时候他就牺牲

他以一种做游戏的方式消失了世界

他以一种残忍的报复的方式结束

从此 他变成了我们的父亲 一样开始生活

我决定用自己的生命我也没有办法经过所有

对每一块墓碑我都会致以最高的敬礼

对每一根白骨我都会献上我的文章

LUO YING SHI XUAN

LUO YING SHI XUAN

LUO YING SHI XUAN

LUO YING SHI XUAN

骆英

本名黄怒波，1956年生于兰州，长于宁夏。毕业于北京大学中文系，系中国作家协会会员、中国诗歌学会副会长、北京大学中国新诗研究所副所长、北京大学中国诗歌研究院副院长、中国登山协会特邀副主席。并担任大自然保护协会（TNC）中国理事会理事、野生救援协会（WILDAID）国际理事会理事、野生救援中国理事会主席、美国探险家俱乐部高级资深会员、美国保尔森研究院“未来城市大奖”委员会评审委员、中欧国际工商学院国际顾问委员会委员等国际职务。是中国第一位完成世界七大洲最高峰登顶和南北极探险的诗人。出版诗集《不要再爱我》、《拒绝忧郁》、《落英集》、《都市流浪集》、《空杯与空桌》、《小兔子》、《7+2登山日记》、《第九夜》、《知青日记及后记水·魅》和小说《蓝太阳》等。作品被译为英、法、德、日、韩、蒙古、土耳其等语种。

目 录

LUO YING SHI XUAN

LUO YING SHI XUAN

LUO YING SHI XUAN

LUO YING SHI XUAN

LUO YING SHI XUAN

我的母亲

反正
我也无所谓了
既然
我有那么多的母亲
起因是昨天
一个警察叫我出示身份证
以鉴别我是不是国家的儿子
他点头表示我可以吃这个国家的奶
可是要小心含有三聚氰胺也并不为此负责任
在俄罗斯海关
冷冰冰的女警官确定我不是她的兄弟
她使劲儿在我的护照上盖上异族印记
我当然知道我没有俄罗斯母亲
我也不敢偷吸她的奶
在北京的街头
我就开始撒娇
任意盯住一个个往来女人

她们可是我的姐妹

我们都有一个母亲

乌鸦很不高兴

说我忘了她的养育之恩

她提醒几亿年前我连路都不会走

她衔来河水让我长出毛发

可是我还有河马母亲

她们整日在河水中思考家事

像一个个巨大的哲学结论

干旱的日子她们开始慢慢死去

那时她们会露出令人费解的表情

但是一条没有母亲的河是何等无趣

它只有无声地流　不哭也不激动

后来　我想到野牦牛也是我的母亲

她在一个荒凉的傍晚认真说过这个问题

她说在一个风雪之夜生下我

那时天上没有一颗星星

我向世界伸出了一只手

可是　整个世界无人回应

温暖的毛皮和冰凉的石头衬托我

世界　我有了一个牦牛母亲

也好　我们都是悄悄地来到这个世上

至于母亲　看来不必过于认真
我们吃自己的奶及汗液长大
也好　我们都是荒原的儿子与情人
一个荒原之晨我举起了枪
杀死了乌鸦牦牛以及河马
举手之间我杀死了所有母亲
我成为一个国家孤儿以及罪人
终于我的国家母亲枪毙了我
我就变成了乱坟岗上的白骨
与我的母亲们杂七杂八地混为一体
我们都死了
从此　我们的白骨互相聊天过冬

2009.9.9

飞翔的哲学

我看见我慢慢地飞起
像一匹飞行的马　长毛飘扬
我的目的是观察我沉重的肺腑如何留在大地
它们一点点被撕裂粉碎成片
我的恐惧从心底随我升上高空
我发现我原来是如此地沉重
我的血液在河流中一条条流淌
看看它的鲜红转眼就污秽不堪
大地上什么人敲响了皮鼓
我想也许那是一种食人仪式
秃鹫从我的身下急速降落
它们都长着思想的牙齿和爪子
它们随便撕扯着空中任何物体
即便是鸽子　我的毛发
森林成片地长起来　挂着我的肺腑
不知道我们之间为何如此相连
我以为我把我的邪恶一举抛弃
但发现它们离开了我生长得更快

它们让空气充满了臭味
腐烂的云一朵朵飘来飘去
大地上的鼓声越来越响
秃鹫已集结成千军万马
我想它们可能要开始一场屠杀
也许是老子也许是哈耶克
幸好　这些人统统与我无关
我是我
思想是思想
高尚是高尚
飞离了现场我就毫无责任
下一个千年我会被允许转世投胎
我想　我应该做一个秃鹫的女婿
你看看
飞翔的哲学意义如此重大
你可以逃离死亡和指责
你可以无视秃鹫们的恶行
并且否认你也曾经被杀戮

好吧　让我坐在我的语言上飞翔
既然我谋杀过许许多多的词语

2009.9.9

在黑暗中

在黑暗中我弹响一架钢琴
依次
我把十指伸向空中
墙壁和桌椅都响起来
我的十指一根根敲响音符
可是
黑暗中另外有人也弹着另一架钢琴
这可是一种深不可测的黑暗和声音
琴音一层层地爬上来
绿色的叶子就在黑暗中纷纷开花
看不清　我想它们一定是紫色
并且都长着整齐洁白的细牙
静静地坐下来
我只是把十指留在黑暗中
我不知它们的去向
我的泪在黑暗中流淌在黑暗的地上

它们立刻像无声无息的小蛇窜行

手持着音符在黑暗中互相敲击

此刻

我慢慢地在花束中起身

我想是该向十指告别了

这里的音符让我深感冰冷

我带着我的小蛇走了

我再也听不见音乐声

不论是在黑暗之中

还是在一片光明之中

2009.9.15 21：21 长河湾

仰　望

我总是向一面墙仰望
那是一面空白的墙
我有时想象我会挂在上面
庄严地看着每一个人
苍蝇们会飞来飞去
那面墙很显然并不排斥它们
想象着它们就爬在我的脸上
我就从此不再信任这个世界
可是我每天一定会向墙敬礼
那可是我唯一的寄托与希望
我想我应向所有的墙致意
因为我从来不会被挂在墙上
苍蝇们不这么看
它们在墙上似乎总是很惬意
它们在墙上的通道无人知晓
它们常常变成伟人的眼睛
想一想吧

墙上总是有一对苍蝇紧盯着你
就好像你肯定是早已死去
在你腐烂的前夕大家屏住呼吸
在你尸骨一寸寸发臭后大家都松了一口气
这就是墙与苍蝇的关系
也许是一种伟大与低下的对比
也就是说
当我们把一位哲人挂上墙时
我们实际上已宣判了他的死刑
这是墙的恐怖
因为是秘密
因而从来无人提起
苍蝇早结成了同盟
用一面墙来捕捉一切敌人
小壁虎不知就里地爬上了墙
结果　被一道阳光风干成皮
看看吧
这就是一面墙的可怕之处
这也是苍蝇们喜欢墙的秘密
我永远会对墙恭恭敬敬
我也永远对苍蝇们低声细语

2009.9.18　20：30　长河湾

太阳神　坐在一块石头上瞪我

太阳神　坐在一块石头上瞪我
那可是一万年的石头
野山羊才两岁
它倚在石头边上也瞪着我
我想
我有三百岁
可是　我却谁也不敢瞪
太阳神肯定是我的祖宗先人
它那大鼻孔总是在发怒生气
我没有什么石头可坐
因而我总是如惊弓之鸟
几百年我被撕来扯去得不由自主
就此太阳神也从未做过评论
因为有野生动物保护条例
野山羊敢于屁股冲着我撒尿
它的爷爷是太阳神的连襟
太阳神总是愿意与山民和亲

太阳神每天早晨自己梳理头发
他向自己笑也向自己问好
野山羊每天都会吃自己的尾巴
它吃自己的毛也说自己又胖又臭
我想　这可能是它们崇拜自己的方式
我呢　以一堆烂苹果的形式存在
以一个世纪计算
我在烂透之后以种子的身份在土中发芽
我猜想　我会在一堆石头后慢慢长出来
一半是苹果
一半是山羊
作为太阳神的贡品渐渐腐烂
太阳神呢　继续瞪着这个世界

一万年之后

2009.9.18　21：14　长河湾

把自己刻在墙上

我一直想把自己刻在墙上
像一个太阳神张大鼻孔
看着我走来走去的惊恐
像一只屎壳郎失去它的粪团
由于墙过于冰冷坚硬
我皱巴巴地一声不吭
一到黑夜
我总是能让自己互相看清
我看见我像条粘滑的鱼
无声地在星光下游动
不管月亮有多么亮
我一定要细细地眯缝起眼睛
你想想
望着一面墙你会有多么累
特别是看见自己总是面无表情
眼下
日子就是这样过的

从墙上看下来我真是又丑又臭
可是有谁不是在墙上呢
只有猴子才不会刻上自己
我在墙上指挥自己演奏些什么
不紧不慢地让长夜渐渐过去
黑暗中用不着系紧领带了
举起一只还在的手摇来摇去
苍蝇们一群群地落在我的脸上
由于黑暗它们没有看清我的牙在闪光
我想一只只地咬碎它们
可是
天亮了起来
阳光一下子像湖水
把整个屋子填充得天衣无缝
苍蝇们逆着光飞走
我的牙却一颗颗脱落
它们一粒一粒地在地上溅起火花
最后
在牙全部脱落之后
墙就塌了
整个世界就空空荡荡的
再也看不见什么天际线

在这样的情形下

我就再也无墙可刻

2009.9.21　23：08　长河湾

许多人认为我是他们的奴隶

许多人认为我是他们的奴隶
我不知该不该对此否认
你看
我习惯于从窗帘后观察一切
夜晚
我就紧闭门窗屏住呼吸
我常常学习苍蝇爬行
寂静中
我一点一点地挪动
我熟悉蚂蚁搬家的秘密通道
即便是十纳米的洞口我也可以穿行
对于一切高大的我都仰视
我总是把上帝的鞋擦得干干净净
我决不会随便敲开一扇门
我也从不拉开梦的拉链
在一个铁匠铺我为自己打造手指
我想

我应该为这个世界挖土搬泥

我承认

我从来没有听懂过任何一个乐章

可是

我也从来没有打碎过任何一个花瓶

有一天

我为自己锻造了铁的耳朵

由此

我听得清世界上任何声音

可是

我从此不能再开口说话

也好

做奴隶就得保守秘密

渐渐

我的双眼变得铁硬

它们像一种铁皮鼓

看见什么就咚咚作响

我只好回到黑暗中面向铁壁

天长日久地生锈

生铁的造型

一层一层地剥皮

2009.9.22　7：40　长河湾

光　线

光线
一条一条地在空中飘动
它会穿透密林的枝叶
随便到达任何地面
在冬日
它就变成野兔脚后跟的冰凌
一晃一晃地刺着你的眼
你躲到黑暗的背后也无用
它会慢慢地漫过来
在黎明划痛你的手背
即便是你像鱼身披鳞甲
你内心的疼会让你大喊
你在荒野中逃逸时
它会变成一根刺扎入你的脚
那时
一条蛇会吸吮你的血
你藏在枕头下也无济于事

它就把你的床单撕得嘶嘶作响
把你的胳膊及腿摆得到处都是
把你的舌头挂在你眼前
光线
就是这样坚定和无情
它杀死时间和空间
面不改色地杀死一切生命
因而
当光线照耀我们之时
我们实际上都已经死去

2009.9.22　7：50　长河湾

我行走在蛛网中

我行走在蛛网中
自然
我就成了蜘蛛的一部分
我讨厌光明过于清澈
因为我无法张开毛刺
我的语词却成为细细的丝
一前一后地进行捕杀行动
在夜里
我紧靠一棵树观察星空
以防备一只秃鹰从天而降
向泥土里深深埋下头
我仔细记忆蚯蚓的一言一行
我可以用其磨尖我的爪牙
慢慢地撕扯蜜蜂的翅膀
从蜘蛛的角度我看见我是一只青蛙
从泥水中蹦起
然后还是落回到泥水中

蛛网与泥水根本就不搭界
想一想吧
谁是杀害我们的敌人
作为蜘蛛的一颗牙我闪闪发亮
由于历史太旧我已毫无残忍的欲望
在阴雨天我只是吃着自己的肚腹打发时光
我总是悄悄地等
一根银线从上一个世纪发来信息
在这个世纪我们可以吃鸽子吃青蛙以及吃人
作为蜘蛛的一部分我一直藏身于子宫
那可是一千三百年的温暖与安定
我还在泥水中让身体渐渐柔软
纵容我的手变成一条长长的藤
它高高地伸向天空
天空就变成了一张无垠的蛛网
我紧紧地捕捉了一切
星星　月亮　孩子以及爱人
而我呢
就在蛛网中行走
成为蜘蛛的一个部分

2009.9.23　20：47　长河湾

玻　璃

不论是白天还是黑夜
我总是带着一面玻璃出行
我用玻璃当椅子
我还用玻璃作床
我从玻璃后面和人谈话
我想
还是玻璃让我感到安全
在玻璃后假寐时我像只刺猬
仔细地收好每根尖刺
常常我会把窗花剪贴在玻璃上
想象我是一个初嫁的新娘
玻璃会在阳光下闪烁
阳光就会把我照得很亮
我在阳光下大步行走
扛着一大片阳光
在夜晚
玻璃就像一面透明的墙

为我遮挡住另一个世界

这是一种无处可去的困境

因为玻璃

我只能待在世界的这边

即便是我有亿万张钞票

因为玻璃

我只是一个人间的过客

我带着我的玻璃

我的玻璃又关紧了我

一天

一只蛤蟆腾空而起

不小心撞碎了我的玻璃

粉碎的玻璃割裂我

我们都变成了水泥地上的碎末

2009.9.24　21：54　长河湾

伸出食指

伸出食指
我在空中划下一道紫色的痕
雨慢慢地下起来
我沿着我的痕滑动
像什么呢
像萨克斯的蓝调滑音
滑进一个金属的气泡之中
我想
这应该是我食指之错
它划破了上帝的窗户
可是
我们都有个食指
我们总得用它划破点什么
在上帝睡着的时候划破他的鞋
或者
在撒旦喝醉的时候割断他的喉
这是食指的预先构想

它足以证明你有能力传宗接代

我呆坐在雨水中观察食指

它一会儿静止一会儿摇动

它拂过菊花　菊花就变成箭簇

它拔起小草　小草就变为利剑

它又指向了我

我呢

失去了心肺

然后

我在雨中走

食指领着路

2009.9.25　20：38　于长河湾

仰望天幕

仰望天幕
我一直想撕破点什么
那些过于完美的结构
让我从心底深处产生恐惧
由于我并不能成为星星或者月亮
那我应算是残缺的另类
在那些结构中爬行时
我甚至不能舔食我的唾沫
我不敢敲响任何东西
以防止我会变成异形
我最害怕的是我的脚变成毒牙
袭击空中飞过的任何生物
如果一只只鸟坠落而下
它们会变成我的一只只眼睛
我把眼睛们挂在树上
眼睛们就会摇呀摇
在黑夜也不停止监视

某一颗星星划落时
所有的眼睛都大声惊呼
可是
天幕似乎从来不在乎失去什么
也许　这就是它的现代性
我们大哭大叫它也不颤抖
我们仰望　它也不动声色
我把一支利箭射向它的中心
它鲜血四溅但还是一声不吭
在我精疲力尽的时候
它流下了一粒巨大的眼泪
泪水淹没了我
我变成了一颗星星
我由此成为它的结构组成
我的一生由此完美

2009.9.25　21：34　长河湾

深　夜

深夜
我锁好了门
并且补上了一个历史的大洞
在这种世纪可要小心
思想的贼会把你的一切偷空
可是
小老鼠什么也不顾
它在门缝之下钻进钻出
一会儿　它的毛皮金光闪闪
一会儿　它的细牙铿锵有声
我猜想
它什么都偷
它根本不在乎什么门不门
我的门紧锁住我自己
以阻止我的偷盗行动
我敲响我的门以证明我的清白
由此　我可以提供不在场的证明

我与任何基尼指数毫无关系

我是一个全球化的情人

关于老鼠

我提供不出比喻依据

我们都拥有一扇共同的门

2009.9.25　22：12　长河湾

午　夜

午夜
城市静静的
一两点街头喊出点声音　喊亮一两盏街灯
但似乎无人听见
大厦的石头长出刺来
在灯光下闪闪发亮
一块块玻璃在想象中碎裂
街道上铺满碎片
碎片向上生长着
其实　你寸步难行
路旁的树只能互相谈话
叶子们因为害怕而紧紧握着手
月亮在楼群背后被感觉到
蝙蝠从月亮飞出来又飞进楼群
一扇窗户被风卸走
它在空中飘过城市
它的玻璃上贴着喜字

天空因此红了一会儿

紧接着

所有的窗户都开始飞翔

它们上面都贴着红纸

于是

天空又下起雨来

雨珠在玻璃上四溅

之后

它们像月亮的血洒向大地

城市像荒原的石阵　冷冷的

到处是伤痛

因为过于恐惧

猫头鹰哭起来

一声一声地抽泣

失去窗户的城市像失明的盲人

它只是倾听着黑夜　一动不动

我呢

此刻也无法入睡

赤裸裸地站在窗口

看见地平线上的闪电

我猜想

那是一个怪物的剑光

它正向城市杀来

把人和时代一刀两断

我的窗户

也正好飘在眼前

2009.9.26　5：02　长河湾

站在阳光下

站在阳光下
我让影子被车轮碾碎
观看我的被残害过程
我的心中有一点感动
急来急去的雨
让影子湿淋淋的
我想
我应该感到冷和疼
从游行的队伍中出来
我仔细地不踩着自己
那可是真正的自残啊
不能中了时代的毒计
影子渴了
它在喝着雨
我向它撒尿
它也喝了下去
我和影子靠在一根灯柱上

灯柱和它的影子一起晃动
小树林接着也晃起来
它们的影子可遮天蔽日
因为影子不想走路了
我也就寸步难行
可是转眼间整个世界都在晃动
世界的影子淹没了世界

这样
在影子不得不离我而去时
我只能向世界张口呼救

2009.9.26　5：21　长河湾

我把电子鱼扔进护城河里

我把电子鱼扔进护城河里
然后
我又把它钓了上来
它在阳光下摇头摆尾
似乎很疼地大喊大叫
它连蹦三次失去了踪影
从此
我日夜在护城河边等待
有时候
我看见它在河水中交配
生出一大群小鱼游来游去
有时候
我看见它在河面上吃鱼
河就流着血
像上帝割断了手腕
冬天
它在冰面上滑行

带着满身金光闪闪的毒刺

它从这个时空穿到那个时空

它给一个时代注入毒素

我静静地坐在河边无可奈何

我想　我肯定是犯了世纪错误

最后

我把自己扔进了护城河

可是

整个世纪也无人打捞我

2009.9.26　5：43　长河湾

每当黄昏

每当黄昏
我就在屋檐下挂上个灯笼
它
又大又圆又红
轻轻地在晚风中摇动
这可是我回家的标志
燕子们
也在它的上面哺育儿女
白天
我在街巷中捡拾垃圾
思想的、艺术的、诗歌的
等等
当然了
也不放过小孩的尿瓶
燕子飞过头顶时
我就知道我的灯笼还在
于是　我在心头产生一股暖流

这个世纪的垃圾太多了

而且

它们还需要近千年发酵发臭

我只是个破烂收集者

不可能承担过多的历史责任

在我骑着一匹马回家时

我只希望有一杯热的红茶与暖炉

然而

乌鸦偷走了我的灯笼

以至于我再也找不到家门

燕子们也四散而去

夜晚漆黑得什么也看不清

从此

我只能在垃圾中游走

直到最后

我也变成垃圾的一部分

2009.09.26　9：07　CA1557 航班 2L 座

门

门
是一个不得不做的定义
它会紧紧地关闭
也会大大地敞开
有时
你迈进一个门
你就从此无法逃生
有时
你走出一个门
你已经变得陌生
门
用木头　石头以及钢铁都可建造
有时
仅仅用以关闭住蟑螂和蚂蚁
世界的门
是一条巨大的彩虹
你永远无法跨越

也就是说
你或者是世界的奴隶
或者是世界的敌人
小松鼠的门
是一条细细的柳枝
她因此享有穿越森林的自由
如今
这可是一种奢侈享受
蚯蚓呢
在泥土中挖出一道道门
它因此不屑于与人对话
黑暗
也不会透过它的门缝
门就是这样
你推不开时也挪不动
即便是你拼命敲打它
它也照样纹丝不动
但当它突然打开时
门后站着一只巨大的熊
它挥起巨掌拍打你
你掉进另一个世纪牢房
从此

你必须做一百年的囚徒
因为这个世界根本就没有门

2009.9.26　21：41　FM9198 航班 2A 座

我观看雨

我观看雨
它们一滴一滴地从不知高度的天空下来
冰凉而且无味
在树下
叶子替我接住了雨
它们在叶面溅得碎珠满天
此时
我的心也在一点一点地疼着
深夜时
我伫立在窗前
静静地看着雨线
设想它们穿地而下
去向另一个世界
从这个角度说
世界上并没有雨
因为它们从不为我们停留
它们只是从上面的世界来

然后回到下面的世界

在发梢上的雨露干透后

它就再也不存在

因此

当你看到万里闪电时

实际上

在地心深处一万里

一个白发苍苍的老妈妈

正端着一个巨大的银盘接雨

2009.10.06　16：21　京广大厦

仰望星空

仰望星空
我努力感受一颗星星的温度
即便我根本无法抓住它的什么
但至少
我也似乎有了一种依靠
敲敲星星的门
并不想提醒注意事项
大家就是这么回事
有时一眨眼
就再也看不见
我在这个世界上来来去去
就算看见什么
也不会向任何人告密
一片草叶飘起时
我会拼命向它吹气
我想它是我写给星星的邮件
那是我刚刚被破译的基因密码

做一个远隔亿万里的情人算不上丢脸

还好　就不会被一个情敌一刀两断

由于看清星星时黑夜刚好不明不白

我对我的命运正好做了一些注解

可是我怎么也无法将其写出来

可能是星星刹那间洞透我心中的阴暗

看看吧

这就是一颗星星引出的难题

它在天上

我在地上

2009.10.8　22：30　长河湾

黎　明

黎明
我独自在想象的晨钟声中行走
遥远的天边
大地慢慢地裂了一条缝
缝的那边
也有一个人在独行
我知道
那其实也是我
因为他在向我张望
雾气渐渐地上来
这应该是世界开始猜谜的时间
我透过雾的缝隙向远方凝视
目光却无法控制
把一切都切成了两半
我只好在两个世界中生活
由此产生一种跨界现象
时时　我听见有人高喊

却从未看见过任何身影

我向地心深处已经寻觅许多回

每一次都被禁锢在沸腾的岩浆中

今天

我先让一口钟大响

然后

伸手向地火之中

掏出一把火红的砂砾

2009.10.9　7：18　长河湾

叶子·树

在一片漫无边际的森林中
我坚持地撕下每一棵树的枝条
叶子们纷纷离我而去
它们带走的阳光就再也没有回来
每一棵树都带着绿色的伤口看我
我的伤口鲜红
足以疼得让我向世界喊痛
我跟着叶子们去寻找光明
叶子们却全部立即腐烂成泥
因为没有勇气　我不愿发臭
我只是站在叶子中慢慢变成树
由于寂静过于让我害怕
我向蚯蚓们唱起走调的民谣
我跺脚以大地为鼓
大地在鼓声中长出一双巨大的脚
森林于是也一片一片地长出一群群脚
作为脚的一部分　我不停奔走

我带着我的森林我的双脚

作为叶子的组成我却无言

腐臭的苦难

2009.10.9　23：11　洛阳雅高金陵大酒店 1121 房

飞翔的虫子

昨夜我看见一只
飞翔的虫子
她飞翔　而且
把夜的腥臭　一遍遍
折叠
树叶和草皮以及
灯光　黑色都是静止的
语辞也诡秘得如
被涂抹而后又收起的
香奈儿唇膏
城轨　勃起地延伸
通向阴谋的深处
只有小虫子静静地飞
在一个狭小而又无限的空间
大家因此可以想象
那里　正在有无数种
图财害命

树和麻雀全部拒绝作证
在这个意义上
虫子极有可能
只是谋害者和被谋害对象
他妈的
既然无法获得铁证
谁也不敢确认　在地下三尺
藏有女娲和亚当私通的祸因
她们指派小虫子守卫　守卫
人类因而耻辱的秘密
因此　必须对小虫子嗤之以鼻
视之为罪恶的守门人
而对于黑夜中任何声音或响动
都要视为小虫子密谋暴动的言行
即便　小虫子摇响她的彩铃
一转眼　天地荒原都叮叮当当地摇动
沙砾七彩斑斓地向着阳光闪烁
蒲公英像一朵朵红色的灯笼向东方飞去
树木和草以及黑玫瑰
都变成一位妈妈在屋角挂起的头巾
这样　在黑夜　小虫子就也飞翔
以绿色弧线标明地狱之处的小径

这样　黑暗深处就有人打铁
刺目的火星烫痛了许多石头
堤岸呢　恐惧地任水漫延
荒水翻起腥暗的白沫四散
其中　一座荒废的站台人影绰约
影子们相互握手致敬
之后有人敲敲钟
大家就飞奔而去
飞翔的小虫子也就依旧飞翔
微薄的双翅像乳液
以透明的奶白一闪一晃

小虫子的母亲也是小虫子
她们会一起飞翔彼此不分
天边地火燃烧时她们依然飞翔
被焚烧成宇宙的颗粒坚硬无比
她们会立刻又变成小虫子
口里吐着赤红的火飞来飞去
她们在草原高山以及城市放火
她们成了纵火犯却不被通缉
她们毁灭路灯　岩石及菊花
她们驾着火焰　裹着紫色纱巾

纱巾上刺绣着银色的双剑

穿透了双头蝙蝠的喉管

黑暗　在深处渐渐地被一滴滴点燃

小虫子飞翔时会以妈妈为敌

她们彼此击落对方出手迅捷

在毫米之间她们施展杀手

她们从来就未停止过世纪大战

杀死母亲变成另一个母亲

飞翔的小虫子转换为另一个小虫子

然后　飞翔

她们用口水及粪便培育下一个小虫子

然后　继续飞翔

最后　她们拖着一根无垠的时间大锯

仔细地绞杀天地间一切生灵

2009.10.30

虫子（三首）

虫子之一

虫子　是时间的屎
滴滴答答的到处都是
在你闻见臭味时
一切都已经无法挽回
它们隔着玻璃互相透视
像两种时光　互不相干
它们不和任何生物拥抱
却吃马的皮
或者
牛蛙的血
它们知道时间的罪恶程度
因而判断出任何哲学的虚伪
在虫子把脚爪藏缩起来时
一种世纪的灾难就会来临
那时　生灵们都在开口时失去舌头

真的　我的爷爷就从未发出过声音
虫子的麻烦在于无法收买
即便是我一再声明我其实是虫子的一部分
你看　我跟着虫子们四处爬行
也吃自己的爪子和伴侣的肛门
我大着嗓门和虫子们一齐吼叫
我帮虫子谋害少妇以及牛群
但是　虫子依旧是虫子
它们在我的面前无动于衷
它们在我的脚下啪啪粉碎
也决不告诉我这一千年发生过什么事情
在一个夜晚　虫子们集体失踪了
我想　这可能是大祸临头的象征

2009.10.30　20：31　长河湾

虫子之二

秋日　一片片叶子落下来
虫子们纷纷都爬在落叶上
我知道　这是它们回家的途径
幸好　我不是它们的邻居
虫子们借着余辉相互张望
埋进土里时还扇着翅膀
我看着它们在我的孤影里喊叫
它们忙着关紧它们的门窗
我明白我决不能做偷窥的贼
尽管我极想知道它们交配的情景
还好
虫子们并不在乎是否拉上窗帘
它们彼此来往搂搂抱抱
晚风吹来时它们就集体打滚
虫子　就是如此与我毫不相干

2009.10.30　21：31

虫子之三

一只虫子死亡得毫不声张
甚至它都没有拉动伴侣的脚爪
它静静地躺下来伸展双翼
一只爪子撩动毛发
另一只爪子关上眼睛
然后向空中吐出了最后一口气
我呢　是虫子的死亡记录者
与痛苦并无任何关联
我敲敲石头
虫子的尸体就飘飞起来
然后在阳光下就无影无踪
由于太刺眼
我透视着光明两眼湿润
我想　我决不能像一只哭泣的虫子

2009.10.30　22：01　长河湾

在想好的时间我推开窗户

在想好的时间我推开窗户
如一个老派奴隶主　我扫视黑暗和虚无
想象一头驴蒙着眼绕着地球走
泪水渐渐地含在我的眼中
这可不是什么哭泣的问题
那种没有后背的滋味一点儿也不好玩
在我决定向空中打一个响指的时候
我突然静下来一动不动
我知道在黑暗和虚无后我有许多死敌
但是　我宁愿被屠宰也决不主动出击
我想　绝对应该劝说我的耳朵不要变长
流星时　我向耳朵发出一声冷笑
在恐惧的深处我从此一声不吭

2009.11.10　4：49　长河湾

雪夜　我在空中钓鱼

雪夜　我在空中钓鱼
巨大的钢钩在雪雾中飞荡
顷刻　天空中响彻痛苦的呻吟
企鹅与鲨鱼变成尸体飘浮起来
它们把眼珠都深埋在大地中
它们就这样带着不可告人的秘密飞翔
肢体僵硬　面无表情
绿蜘蛛悄悄地布满无缝的网
它捕捉我　当做它的孩子的点心
我张开长硬的牙吞食我的肢体
我想　这可是我从未尝过的美味
雪花开始猩红时我大声尖叫
我的祖国却不给我任何回音
他们说我必须重新注册
关于我六只脚或者七只眼睛
后来　雪就越下越大了
我的鱼钩也越来越重

2009.11.10　19：36　北京香格里拉饭店西村日餐厅

夜鸟（七首）

夜鸟之一

夜鸟　拖着巨大的粪袋飞翔
落在地上时就变成了石头
在夜幕中它们无所不能
击杀鸽子以及走单的人
它们在河流的尽头设伏
捕猎美少年做它们的仆人
它们会准确地喊出你的名字
然后把你带走关进山洞
夜鸟睡觉时大声喘气
捉来野猪做它的枕头
它们一群一群地在田野中躺倒
它们肆意放屁撒尿
它们在领带上绣着白色骷髅
它们以绿色的蛇血当酒
它们敲着锣四处行走

它们点燃大树烤骆驼的肉

它们从不需要身份证明

夜鸟　不在乎警察或者主人

2009.11.11　21：48　长河湾

夜鸟之二

我与夜鸟对饮
因此我失去了嘴唇
夜鸟命令我唱歌跳舞
我又因此再不能直行
我一片片梳理夜鸟的羽毛
我就再不能看见光明
我为夜鸟采拾浆果
我的十指从此腐烂发臭
夜鸟以我做饵钓鲨
它以巨钩穿透我的脊骨
巨鲨衔着我在深海飞奔
我像夜鸟的屎在海水中消溶
天亮后夜鸟驾着长帆远去
天边响彻令人心惊的鼓声

夜鸟　夜鸟

2009.11.11　22：03　长河湾

夜鸟之三

夜鸟受伤了
被一支长箭射中
它在荒原上卧下来
把头放在一块巨石上
它并不关心敌人在何处隐蔽
它用自己的血洗着它的爪子
它紧紧地把双翅插入泥土
然后仰天凄厉长啸
风渐渐地吹起时
夜鸟闭合上眼睛
它的长喙拨着自己的羽毛
每一根羽毛立即长成一朵罂粟
最后夜鸟死了
变成了一具长箭上的骨架

2009.11.11　22：15　长河湾

夜鸟之四

逃离夜鸟时
我骑着它的一根羽毛滑行
我看见它举着一盏太阳一样的灯笼找我
仔细地掀翻每一块石头
它无情拷问一头野猪时面目狰狞
一口恶痰就把野猪化为灰烬
它吸干河流的水然后撒尿
顷刻间天与地都臊臭无比
它的灯笼四处燃起山火
一个世纪都不能扑灭
我如一堆飞翔的火逃亡
夜鸟　收回了它的羽毛

2009.11.11　22：40　长河湾

夜鸟之五

夜鸟　在黑暗的深处打铁
它要为每一棵树戴上镣铐
它点燃一棵棵树烧红它的铁
然后紧紧铸住一棵棵死亡的树
夜鸟在黑暗的深处藏着许多许多的树
它因此日夜忙碌
夜鸟的铁烧红后不再褪热
深深伤痛每一棵树的心肺
夜鸟的铁都会大声地震响
在黑夜筑起一道高厚的墙
树就再也无处可去了
夜鸟　就在黑暗的深处打铁

2009.11.11　22：58　长河湾

夜鸟之六

夜鸟是母亲最后的孩子
因此母亲被夜鸟吞食
从此　母亲坐在夜鸟腹中叹气
夜鸟呢　带着母亲飞来飞去
夜鸟因此会唱母亲的歌谣
用巨爪抓着石头敲鼓
夜鸟在寒夜也不向母亲问安
它把头深深埋入大地睡觉
夜鸟用黑色的纱巾遮住它的眼睛
那可是母亲为它接生的胎布
母亲死去后变成夜鸟的粪便
夜鸟蹲在巨石上把母亲拉了出来

2009.11.11　23：12　长河湾

夜鸟之七

夜鸟低鸣
三天三夜都半闭着眼睛
它悲伤地紧紧抱着它的巨石
一翅将天空中所有的鸟群扫净
霜雪飘起又戛然消止
夜鸟的羽翼半绿半红
它只对着土地哭泣
泪水冻成了一片血色冰原
一切都静下来等待结局
山林变幻着恐怖的色彩
乌鸦由于过度紧张纷纷死去
它们迅速腐臭刮起一阵腥风
由于等待死亡而害怕死亡
群兽低伏胆战心惊
然而夜鸟始终没有怒吼
它抱着石头也变成了石头

它保持着强横的姿态干硬

世界上再无生灵敢于出声

2009.11.12　6：59　长河湾

在深处

在思想的深处我看见一群野马奔腾
我睁开眼想放逐它们时它们却跑向更深处
我如一个无助的牧马人束手无策
一切都怪怪的无法形容
其实　我抓不住任何一匹野马的缰绳
它们打斗　争吵　霸占异性
由于荒原放弃了边界标志
它们就入侵一切它们想去的地域
它们肥壮又黑白或者血红
它们毫无顾忌地裸露生殖器官
它们扬蹄踢断一棵棵大树
甚至喝干所有的湖泊河流
它们像乌云一片片移动
天地为之变色
它们不理睬我的任何召唤
它们不关注我的任何痛苦

无奈　我在荒原上躺下来

紧紧地闭上了我的眼睛

2009.11.12　7：46　长河湾

我爬起来又迅速躺下

夜半　我爬起来又迅速躺下
因为恐惧我不敢有任何举动
我敲敲墙感觉墙体还算牢固
尽管它冰冷　我也毫不在乎
我关紧门窗并且拉上窗帘
以确保没有任何可能的窥视
这应该算是世界的一种角落
我因此可以藏好自己
我必须紧紧地关好我的嘴唇
以免说出什么恶毒的咒语
但是我也决不愿写那些美好的诗句
以免显得我过于低俗
看来　静静地躺着不算最坏的结局
幸亏有墙　我们彼此分隔清晰
夜半　全人类都爬起来又迅速躺下

2009.11.12　7：42　长河湾

哲学批判

概念在一列火车疾驶而来时被碾死了
毕竟它只是一个弱小的词
那些无情的坚冷的铁轮一压就是一千遍
足以让一个世界无词可用了
破碎的词条在火车驶过后纷纷坐起来
它们各自向不同的方向起身远去
马呢　一个一个地去　追赶它们
因为　马的定义就此失去
在一个河边　马停下来喝水时
看见了它的真正面貌
可是　在马继续前行横跨铁路时
又被火车无声地驶过撞得四分五裂
马就产生了多种定义
也好　一切的词就是这样死烂后再生的
一切的马也都是这样失踪的

2009.12.31　17：33　极地帐篷

叶子的问题

我想
必须谈谈叶子的问题
你看
它们从来就不说话
即便是被虫子咬得千疮百孔
也决不说话
由此推断
今后我也有权不再说话
即便是我并不会以叶子的方式死去
即便是我听见过叶子在深夜弹琴
它们一叶拍着一叶
相互谋杀
在阳光下
在月光下
在阴雨天
它们都不停止杀戮
可是森林又以整体的名义进行种族灭绝

先是一小片枯叶枯落
然后一大群一大群的毛虫蜂拥而来
叶子们互相观看着死去
一片接着一片飘零
把空气全部染成了血色或者褐黄色
此刻
我并不敢说什么
我害怕会像叶子一样急速腐烂
变成蚯蚓啊蛇啊以及野兔的窝
后来
在后半夜
我静静听着一片叶子瑟瑟作响
我知道
那是它过于痛苦
一只绿螳螂在它身上反复试锯
你想
有谁能承受被一刀两断
有谁不害怕成为最后的死亡者
渐渐地
天亮起来了
光明一下子平铺直泻
叶子们却躺在泥土上仰望

这是叶子死亡的最后象征

好样的

叶子

2009.9.21　20：40　国家大剧院音乐厅琉森音乐节

阿巴多指挥一楼 4 排 10 号

在一个什么都干涸的季节

在一个什么都干涸的季节
我偷窥了一条鱼的死亡
它慢慢地安静下来
在酷暑中开始发臭
它先是把嘴张大
然后又把所有的鳞片蜕尽
它一寸一寸地腐烂变色
此时
晴空万里　阳光明媚
当然
这就是一条鱼的死亡过程
它死在一首诗里
可是
在我想偷窥一个国家的死亡时
我却突然双眼失明
我慢慢地坐下来端起酒
还好　我的死亡终究与鱼不同

我感觉着大地慢慢裂开

这应该是大地的死亡序幕

我听见蚯蚓在地心深处敲鼓

死亡对一切节奏来说无关紧要

鱼终于在泥土中毫无痕迹了

天地中再也没有什么可供偷窥

蚯蚓敲破了鼓皮

我再也听不见任何声音

想一想吧

在一个什么都干涸的季节

这可是一个十分严重的问题

2009.10.23　17：35　CA1518 航班 12A

在一个角落里

在一个角落里我坐下来
打量黄昏的街巷　试图
判断上帝的鸟的飞行轨迹
以及它身上的丝绸重量
昨晚　在吃着鸟的胸肉时
我一再打嗝　像是在一个蛋里
温暖却被禁锢得发疯
在语辞一个接一个地悄悄离我远去时
我就开始把骨头吐得一干二净
鸟乘机从我的身体中飞向高空
它在月夜中无声地一直向上飞
带着我的大肠以及肝脏
我知道这是一个世纪结束的现象
我们都是一只鸟的肢体部分
因而能够到达黑暗之后的那片湿地
这其实是回到母亲子宫的最佳途径
在那里你静静地躺下来后

可以蜷缩得毫无形状

一切都不再有声响

色彩和光线也淡漠得不值得形容

此刻　目光像远方的树渐入朦胧

在连石头都被歌唱后羽毛就一片片脱落

我成为一个剥光时代的人或者鸟

并且不断地换下一颗颗眼睛

在飞翔成为耻辱的坚硬时刻

天亮了　一条蛇在空中隐隐滑行

2010.3.14　10：35　芝加哥饭店咖啡厅

动物日记

与麻雀对话

我想过　与一只麻雀对话肯定是无聊之极
尤其是在冬末隔着一层厚厚的窗户玻璃
她谈的全都是陈芝麻烂谷子和鸡毛蒜皮
全然不知我想向她吐唾沫甚至把她拍死
我知道她了解我的老谋深算及险恶心机
我杀害过她的爹她的爷爷还有她的表弟
然而她还是与我为邻因为无处可去
这世道艰辛防备了猫和鹰　还要防备人
我想　我还是要好好想想这麻雀的两难处境
你看　隔着的玻璃映衬我的酸涩她的寒冷
我看着她的生死差一点无动于衷
我想问好但无法穿透这玻璃的光明
我想流泪但无法隔着玻璃表达我的悔恨
她飞走了
被一只鹰击杀在半空
羽毛散乱着一片片飘下

我无言以对

隔着玻璃看见一片皆空

2008.1.28　22：40　碧水

乌　龟

乌龟们　以五只的集体形式生存在鱼缸
直到有一天一只雄龟气绝身亡
小儒姑娘把它拎进了女厕所的垃圾筐
洗洗手　洗净了关于死亡事件的任何影响
因为宏观调控　我们忙得屁滚尿流
因为成双成对　四只乌龟不动声色地生存
他们吃自己的粪便　喝自己的酸尿
我们打自己的算盘　骂别人的爹娘
当然　小儒姑娘每天还喂他们龟粮
当然　我每天不忘清点他们的存活量
根本不了解他们的痛苦程度和幸福幻想
我其实　只是想观看他们的死亡
虽然　与他们相视不免心中隐生惭愧
虽然　他们难免一死　尽管丝毫不显慌张
他们似乎从不屑于我的举止言行
他们的蔑视让我深深不满　邪念滋长
昨天　他们齐齐抬头将我仔细凝望

我心生恐慌　手足无措　胡思乱想

他们是必死者　将死者　不得不死者

我呢　是主人　是养育者　是施恩者　是致死者

我猜想他们肯定也在探讨我们的死亡

破产　失恋　离异　跳楼以及毒品过量

无法判断谁的死亡更像死亡

也无法判断谁与谁比活得更长

最后　我张了张口　欲言又止

我想说

小乌龟　其实我从来就反对死亡

2008.1.29　6：45　碧水

鸟的梦

傍晚时一只鸟与我相互问好
她回到树上睡觉我回到屋里撒尿
我们一直相处得甚至有点感情
鸟是鸟　我是我　不互相干扰
关于黑夜的问题我们也不需要讨论
我是我　她是她　各有各的看法
我呢　常常会梦见艳遇　偷情以及裸体奔跑
鸟呢　会不会梦见偷袭一只公鸟的巢
这种梦里的忙碌大家肯定都很疲惫
眼下的日子真是一种活不够的好世道
因为环保　鸟再不会被剥皮　被烧烤
因为反腐　我们再不敢把钱塞进贪官的腰包
所以　出于隐私的需要我并不会说出我的梦境
鸟呢　自然也不会与我交换关于黑暗的秘密
但是　我已经在白天偷窥过她的交配过程
她却压根不知道我在卧室的一切举动
但是　我们都并不知道有只夜莺根本就不睡觉

她知道我并不比鸟正经多少

我说　我们是人　自然七情六欲一种也不能少

她说　活该　你们是人就该一塌糊涂乱七八糟

2008.1.30　4：42　碧水

花　花

花花

一只斑点母狗

烂睫毛眼睛需要动手术

来月经时屁股像火山引发灾难

与匹克猎犬互为仇敌又决不分离

匹克死了　她也被遗失在山林

听说她从此以野兔为生

有时还偷袭落单的家禽

人们说她杂交而且乌七八糟

心怀不满　自甘沉沦

她从不与我相遇

也不回应我的追寻

结果有一天她中了陷阱

被挖煤的人剥皮吃肉还换了油灯

油灯还给了我

在我的书桌上点亮

灯闪了又闪

我的心紧了又紧

有点难受

有点刺痛

2008.2.7　15：37　碧水

女苏眉

女苏眉
是一条母鱼
因为尚未生孕
今夜将卖得很贵
当然了
因为很贵
是因为未被交配
我知道她是一个冷美眉
因为她是一种冷血动物
意思是她并不会感到被宰杀的爱
意思是我可以把她吃得从容
是的
我有钱
我当然可以吃任何的美眉

女苏眉并不回应我的观点

在盘中　她冷静地盯着我

看着我吃她的眼睛

2008.2.8　1：17　碧水

屠杀者的梦

无人知道我是一个屠杀者
尤其是我曾经杀害过一只哦喉羚
那天　我在戈壁上击中了她
她说　真惨　我蜜月新婚
她生硬地拒绝直视我的目光
从此　我总是在深夜感到惊恐
我诅咒海明威的猎枪引诱了我
我害怕再翻开屠格涅夫的猎人笔记
我后悔目睹过太多太多的杀害
麻雀　乌鸦　鸽子　猫以及女孩
就这样我来到了二十一世纪
却无人审判我甚至是责备
我看见那只哦喉羚在 T 台上猫步
胸口还残留着我残害她的伤口
她嫣然一笑　体态优美
她宣布她从来就不是死亡者
所有的人也从来就不是屠杀者

我仰天大哭　捶胸涕泪

我还发现每一个人都变得鬼鬼祟祟

终于　哦喉羚带着她的羊皮而去

人们目瞪口呆　头上长出了尖嫩的羊角

2008.2.19　4：42　碧水

岗　巴

岗巴　很好动　常常没什么风度
作为鹦鹉属于尚未教养的那一类
我生气骂人时他会歪着脖子点头
他越点越快我的血压也就越高
我想砸烂电脑以表示房地产商的心境
他呢　格律单调地一直说着“你好”
在一个谁都不说好的时代我怎么能好
这鹦鹉居心不良幸灾乐祸
有一天因为摸了他的头他把自己吊在链子上
这还是当下流行的危险倾向
想一想政府打击圈地又取消了预售证
这岗巴也势利地躲着我的亲近
我喂他虫子他却啄破我的手指
我又羞又恼他却眼看窗外
窗外是繁华的都市车流拥堵
窗外是一个凶险无比的花花世界

我来自宁夏他来自非洲

我住在别墅他住在高楼

2010.11.17　5：07　碧水

黑鳍鲨

黑鳍鲨很莽撞总在鱼缸里撞破嘴
然后面无表情带着血迹游来游去
他们有三只总是把小鱼逼到墙角
狡猾敏捷像做死亡游戏
他们不知为什么一直游从不休息
像我马不停蹄又是卖房又是征地
他们吞下他们碰到的一切
我紧紧抓住我点过的每一张钞票
他们在水里游既安全又封闭
我在世道上混既麻烦又无情
我拍拍鱼缸他们就离我而去
远离主人似乎是他们的高雅象征
作为养育者得不到感恩我十分不高兴
告诉他们“知道吗　昨天上海大火烧死五十三个人”
说这话的意思并不是向他们报告重大新闻
而是这日子这恶讯让人心情过于烦闷

后来　赵宝刚以他们为道具拍了《婚姻保卫战》

播映时三条黑鳍鲨有两条死去

2010.11.17　5：37　碧水

松鼠猴

松鼠猴爱吃面包虫
它们一公一母却不懂怜香惜玉
它们总抱着我的手指头猜猜手心的东西
它们老搂着虹娟的 iphone 3 照镜子
由于年幼它们尚不知羞耻和礼节
总是跳在清洁女工的肩上咬破人家耳朵
大黑是男孩　常常揪着英国虎猫的尾巴
二黑是女孩　天天要喝牛根生送的蒙牛酸奶
在我被银行催贷时它们就吱吱细叫
它们要苹果要玉米还要毛毛球玩耍
在我上封面照时它们会好奇地围观打闹
手指翻动杂志屁股却拉屎撒尿
我抚摸它们的毛发它们装作什么也没有发生
它们以黑黑的眼睛仰视我　我就想必须多多挣钱
天冷时它们活蹦乱跳我就觉得这个世界还算不错
紧缩拮据时我向它们保证我们的日子不至于有什么问题

通货膨胀来了我为它们买好了一麻袋花生

向它们说这算是未雨绸缪“任你花”

2010.11.17　5：59　碧水

东京系列

拉面

关于在东京

我也是一只死亡过的乌鸦

45 楼的眺望问题

雾之中

拉　面

我并不是对东京的街头有什么成见
并不想对什么美女抛眉弄眼
我想
既然来来往往的男人们彼此都还看得上眼
凌晨两点
倒也值得来一碗很棒的拉面
我就喊
天哪
居然是凌晨两点
确实
任何人也没有把任何人欺骗
并且
人人手里都端着一碗很棒的拉面
街头并不具有什么特殊含义
主要是拉面刚巧被每个人互相看见
因为鸡蛋随便吃
天空就飞满了鸡蛋

后来

因为人过于繁多

我就再也不敢把拉面吃完

我想

日子还很长

东京又不远

应该不能显得过于贪婪

于是

我就忍不住坦然

端起了一碗很棒的拉面

站在了街头的凌晨两点

后来

大家就都相互坦然

都端起了一碗很棒的拉面

站在了世纪的凌晨两点

2008.2.10　11：44（东京时间）京王饭店3905室

关于在东京

他们为什么都在往一个方向去
人呀　车呀还有乌鸦都在往一个方向去
街道也是这样
被街道区隔出来的天空也是这样
我数着我熟悉的汉字
我想这可能就是东京天大的秘密
我知道不同的世纪都有着不同的方向
我们只需要走
跟着别人　别人跟着我们
风呢　吹翻了我的围巾
管它呢　有什么可追的
反正我会在什么终点看见它
省得戴着这烂玩意儿走路
由于从北京来
不免多张望了几下
可好
人群就纷纷踩烂了我的屁股而去

是那种的往一个方向而去

东京

你这爷们真不客气

于是

我也大步走了起来

在一个新的世纪往一个方向而去

2008.2.10　22：13（东京时间）京王饭店 3905 室

我也是一只死亡过的乌鸦

东京街头的乌鸦不闯红灯
我猜
肯定是因为她们曾经死亡过
我惊讶于她们在闹市的优雅
这种死亡过的优雅真让人百思不解
其实
我并不是真的想巴结她们
我对于死亡有过不同的看法
例如在某种意义上
我与死亡过的乌鸦一样死亡过
你看
我决不闯红灯
不酒后驾车
吃拉面不剩还付钱
听警察大哥的话
看新宿地铁美女的玲珑曲线
当然

我一直没有暴露是异乡人
因而就无人知道我也死亡过
直到我绝对在地铁乘反了方向
我想
这可不是死亡过的经验
算了吧
反正我也不在乎去哪
那乌鸦也对我不冷不热
后来
到了终点站
由于空无一人
我想了想
就大声唱了起来
用的是中国语言

2008.2.10　22：30（东京时间）京王饭店3905室

45 楼的眺望问题

为了眺望
伊藤富士子穿上了和服
我眺望了她
再眺望了东京
在 45 楼的东京眺望家乡
我也眺望了伊藤富士子的眼睛
我想
眼睛都很色
我们只是眼睛的一种变频
我们都会在眼神中飞翔
也许会降落在伤感的方向
那　又怎么样
在二十一世纪的东京迷离幻想
我们其实都是二十一世纪的怨妇
45 楼的高度不至于缺乏含氧量
但痛苦的窒息让我们接近思想的死亡
酒醉后终于可以脱去西装

我想

伊藤富士子的和服可真漂亮

终于

她端上了一杯煎茶

我就说

你好

在 45 楼的东京

我已经成为你的羔羊

2008.2.15　22：44（东京时间）京王饭店 3514 房

雾之中

清晨　我陷入困境
深厚的浓雾让我呼吸急促
许多大号鱼钩在雾后面飞旋
拖着一条条巨大的死鱼
可是　昨夜我还做着爱情的梦
一只毛蟹端坐在我的面前默默无声
与一根尖硬的骨刺对立毫无意义
我们在雾来时都成了爱情的孤儿
于是　我终于明白不能在雾中歌唱
我的面孔会被雾放大得苍老狰狞
不知道小野兔在雾中怎样做爱
雾后隐约听到她们的呻吟
我撑起一把红色的伞倾听
死鱼们都在歌唱　都在呻吟
黑鳍鲨肢体僵硬却往来如电
雾被切割却听不到什么人喊疼
伞带着我在雾中飞行

我一滴滴浓缩成红色的眼睛

我成为雾的情欲一片片释放

丑陋而激动

赤裸而坚定

2009.8.3　4：47　伊达洞爷湖温莎饭店601房

写给中国女人的六封信

写给中国女人的第一封信

我知道　你们都在睡觉
因为此刻是中国的午夜　可是
我一定不能睡　毕竟　我
在一个遥远的南极　并且
戴上一个眼罩　想念
一切该想的人　或者
想念一切不该想的人　在
这里　一想就可以直接大哭
不论是谁　也不会听见　那些
心中的往事　甜蜜不甜蜜的
痛苦不痛苦的　统统都可以
想个够　要知道　这里的路
很长　像一种沉重的磨难
但　你又不得不走　因为
退路一样漫长　后悔

会瞬间击垮你　所以
不得不爱的时候　就像
不得不来的时候　一开头
就得走上千万里　谁也不知
走向哪里　昨天　戴维
不断地走着弯路　好像
数着日子过时　一旦数错
你就掉在生活的底层
我也必须弯弯地走　因为
我根本不知　路在哪里
就好像　我把自己交给了一个人
一个所谓的领路者　当作
我的唯一依靠　跟着他
走到我想去的地方　那可是
好地方　有着我的一切　梦想
然而　他因为心事重重　看错
他的导航仪　因此
我们一同到了地狱　此后
我再不信任任何爱在雪地上撒尿的人
他们的前世都是狗　只有
他们才能和极地下的人　谈些什么
在他们谈话时　我只是

摆弄一条丝绸围脖　它是
艳红的　镶着黑色的边　因为
中国女人实际上　是　温暖的
月季花　所以　它天天带给我
安慰　风雪来时　它会紧紧缠住我
这可是唯一暖洋洋的地方　因此
我在南极走　就偏偏带着艳色的
思念与伤感　在冰霜挂满我的
身上时　我就想回忆一支童谣
但是　我一次也想不起来　主要是
不知道是母亲　姐姐　还是
另外一个女人教的　那可是
一个星空满天的秋夜　一教
我就睡着了　一睡
就是三百年　之后　无人
再能看见我　就像我走在冰原上
毫无声息　微不足道　一眨眼
足迹就再也找不见　可是　爱人们
却也不会寻找视线之外的人或者是什么
因此　擦肩而过后就算了吧　当作
在极地平原　没日没夜　谁也
无精打采　在想过三百遍后　一切

都就变成现实　走着走着
就到了极点　这个时候　月季花
应该还开　因为那条艳色的围脖
还在　并且　在极地冰原上留下
一条从天际到天际　若隐若现的
印痕　阳光日夜照耀时　它就闪闪发亮
在我拍下后　它就隐去　恰如
我记不住的童谣　中国女人
收到这张照片时　会不会
抚肩痛哭　在地图上标记
以一支月季花

2009.12.26　21：11　南极第五次扎营帐篷

写给中国女人的第二封信

今天　我背着太阳走时　影子
就在前面走　它　呼出
比我更夸张的热气　因而
显得有些恐怖　我
追不上它　因为　我
只是一个人　想一想
你的影子却不属于你　应该
是个值得深思的问题　可是
一个没有祖国的人　肯定
没有影子了　这是有据可查的
事实　那么同样
一个没有爱情的中国女人　一定
也没有婀娜多姿的　影子
她只是　站在一个什么地方
太阳永远也照不到　或者
她就只好走来走去　看看
影子是否会出现　当然

这并不是　中国女人的通病
小溪边　常常会有一个呢喃的
中国女人　她能在清水里找到自己的
影子　当然了　必定是那种
清澈见底的水流　它
从深深的山中流淌　落英
漂在水面　把小溪染成
彩色的飘带　小鱼和小龟们
与中国女人的影子一块游着
中国女人一笑　它们就浮出
水面　不知说着什么　因此
可以推论　中国女人的影子
只有她自己知道藏在哪里
可是　我却已经知道一个秘密
在极地的冰原上　有许多
中国女人　不知道的影子　它们
在冰原下睡着　起来时
就向周围看看　于是　冰原上
所有的眼睛都在眨眼　天空上
影子坐在云上走　是那种低于天边
从冰原下升起来的云层　你
仔细看时　你的睫毛便挂满

冰花　像中国女人长长的黑睫毛
刚刚哭过挂着的那种泪花
在一个到处都是影子的极地　你
就变成一个没有影子的人　你
哭也没有用　因此　你只能
不停地走　等于是在　一群群影子中
晃动　就像　你走在　中国女人
面前时　你就会安静　而且
有些惆怅　像站在一棵桃树下
它盛开　你不知该盯住哪一朵看
等你离去时回头　一朵朵都有些
伤感　风一摇　就什么也看不见了
其实　我后来才知道　那是
一个中国女人在树下睡着了
树变成了她的影子　你看
种种香味充满影子的躯壳
每一朵花都不摇动　只是静静地
等着中国女人醒来　就比如
眼下的极地　冰原静下来时
太阳　及　云层　也都不动　它们
立即藏起自己的影子　沉默得
让人敬畏　可是　我知道　它们

只是在等冰层下的千年女人醒来
然后　用冰原上的星星挂满她的长发
在她梳妆时　以一片
银星闪烁的冰原　做
她的镜子　她看到哪里
哪里就　立刻　阳光灿烂
这可是我无法直视的　就像
在中国女人面前　我总是
感到自己丑陋　同样
在这个无垠的冰原上　我
还是不自信　那种冰冷的美
只有在极地　才能
与中国女人互为映照　所以
我在冰原上走着时　就
发现了这一重大秘密　因此
我更加想念中国女人　即便
也可能她根本与我无关　可是
这极地的冰原上冷美与洁白
让我总想跪下来大声说些什么
今天　在终于看见极点的迹象时
我转回头面向东方　我的祖国
深深地鞠躬　并

在雪地上以雪杖写下

四个大字　中国女人

阳光刹那间围过来　结果

“中国女人”立刻闪闪发光　我

久久地凝望　然后

走向了极点

2009.12.29　20：09　南极第九次扎营帐篷

写给中国女人的第三封信

在文森顶峰　我
向中国女人致敬　然后
我踏着乳白的雪原　缓缓
走上归途　此刻　我
偷望群峰　它们正在阳光下
放射着各自的光芒　在它们连绵远去时
像戴着银色纱巾　一闪一闪的钩满钻石
但却决不扭过头来　无论我怎样走
它们始终背向我　这可是让我的心
一阵一阵地疼　就好比　我
从来就没有敢于直视中国女人的黑眼睛
因为它让我伤感和不安　坐在
一棵大树下时　我就静静地想　为什么
一个眼神能让我哭起来　就像
深秋时蓦然一片叶子落在水里　它
红黄地慢慢翻转　一点一点浸透了水
然后半沉半浮地飘动　在一只瓢虫爬在上面时

它就好像在说话　那种美丽和幼嫩的细细私语
并不管谁听见听不见　可是　眼神
无处不在的时候　你怎么可能不得不
面对中国女人呢　它黑色的依偎的懒慵的
眼睛　像一层层叠起来的帆　在阳光下
又一层层地展开　并且轻柔地飞着　此刻
你被温细地包了起来　像在雪原上渐渐地滑行
或者　像在沙漠中赤脚而温暖地滑步　月亮
呢　看不到似的无处不在　把一切都放大　而且
朦朦胧胧　像中国女人要入梦的顷刻　我
就在这种眼神里变成鸽子　轻轻地
飞起来　在泉水中洗净羽毛　然后
落回在一双柔柔的手里　睡去
在这样的柔顺时　我只是　一头　安静下来的
野骆驼　野蛮以及好斗　像被晚风吹散
只是　在夕阳下　嗅着青草味　卧在水边　向
远乡看　一切的死亡　以及　痛苦　或者
怨恨　在心底渐渐平静　再也睁不开
双眼　天地充满了淡淡的芳草香味　我
就这样　在中国女人的纱缦后沉睡三百年
把所有历史都统统忘掉　尤其是
那些苦难而残忍的岁月　我知道

有一天　我终将　醒来　在一个
夏蝉初鸣的夜半　那时　一片云
若有若无地画着眉　小河　从浮萍下
流出一缕缕叹息　蜻蜓都飞了起来
花花绿绿的如宇宙打碎的瓶子
在中国女人的眼神中　迷离　这时
四周都无声而深沉　柳叶因为没有风
恣意地任由蝉儿爬着　蝉儿呢　像
中国女人眼神中的一句话　轻轻地说出来
在我还没有听清时　我就已经懂了
于是　我在一个冰山的顶峰　向中国女人
深深鞠躬　然后　大步走了下来

2010.1.12　2：17　南极爱国者山营地
返回智利蓬塔阿雷纳斯途中

写给中国女人的第四封信

实际上　我　从来不承认　我
是一个岁月的奴隶　我　在
一个个顶峰俯视时空时　常常
被一种虚无所惊讶　太阳　并不是
爬得高高的　它背着身子　放散光芒
那种　深红色的曙光　让我的心头
一震　然后　顶峰就突然亮了
让我与石头或者是雪　一起　高过
一切　但是　我必须　跪下来　向着
世界　因为　我　无法　证明　或者
说明　我曾经来过　就像　我
无论怎样　也无法讲清　我
是怎样无法忘记中国女人的　那种
若有若无的美丽与迷人　就如
在一个夏夜　中国女人走在星空下
她的薄纱巾被月光穿透　像一头小鹿
细嫩的肌肤在雪水或者初霜下微微发抖

在她撩开枝叶时　月亮从她的眼睛中
走着　云呢　飘来飘去　她的眼神就　迷离
薰衣草像潮汐　涌上来　很快就　淹没了　小鹿的
身躯　小鹿呢　卧下来又睡着了　我想　是
香草味让她安宁　关于母亲的记忆　让她
有些伤感　就像中国女人常常莫名其妙地惆怅
或者忧伤　她在独自流泪时就只对一片
叶子说话　叶子枯萎时　中国女人也就沉默了
这可是她对世界的唯一看法　但是　谁也不可能
知道　就如　在此刻的南美洲的阳光下　女人们兴高采烈
像数不清的蝴蝶　美妙得让人惊叹　她们一飞过来
就是一群　热烈得让一切都发烫　在直直瞪着你时
你就被燃烧了　从心底笑了起来　就好比你
是一只蝉　也开始开心地大叫　可是　只有月光下　我
才会给中国女人写诗　因为　我知道　月亮　是
中国女人的夏宫　她住在那里时　世界一下子
就冷冷清清　这也是我一下子忧伤的根本原因
在她于泉水中抚洗长发时　小鹿就什么也不吃
静静地守着她　从水映中看着她的眼睛　她呢
也看着自己的眼睛　神情像一个婴儿般纯净
充满了对世界的信任与不解　山泉在流淌得很远时
月光也一路倾泻　落英与叶子像　中国女人的眼神

一下子散落在整个日夜及世界　甚至于在岁月的时空中
处处可见　因此　我从来只是在一棵柳树的月夜下
等待一个中国女人　在柳枝倒映摇摆时
我就知道　我的中国女人款步而来　因为　泉水一下子
落英缤纷　你看清了一切　而且　你开始什么也看不清了
最后　中国女人站在你的身后时　她却已经在时光中
化为碎影　无处不在得让你伤感和难忘了　此时
她的小鹿有一点冷　轻轻地衔了一下她的衣裙

2010.1.14　19：31　门多萨海亚特酒店餐厅临街花园

写给中国女人的第五封信

在阿空加瓜顶峰　我眺望
其它山峰　实际上　它们
更加美丽而诱人　就像
我总知道　中国女人一直如森林后的
兰草　你无法一把抓住　然而
它的清香　让你日夜寻觅　这是
一种让人沉醉的神秘之美　我
为此而深深感动　在我迷恋
一个知道却要慢慢地遇见的过程中
中国女人　变得　无比妖媚　就如雨后
荷塘里初春的绿叶丛里　一朵半露的
荷苞　粉浅地静静绽放　在你看见的
第一眼时　刹那间　双眼就含满泪水
此刻　我宁愿　像一片落叶下的瓢虫
一动不动地看护着它　以我的彩色与艳美
远远地彼此映照　蜻蜓呢
一下子飞进春天　来不及分清　色彩

于是　只有中国女人藏着她的柔嫩
你一碰　她就会哭起来　让你
也心疼得落泪　就像　在阿空加瓜顶峰
你总是看着远山后的山峰　它
模糊不清　只有一点点初阳　照耀它
让它像一朵上帝手里的红叶　雪红
而随一阵风抖动　你才明白　美丽
就该如此　就该如　在一顶软软的
大草帽下　藏起来一张娇小的脸　她
把长长的睫毛也半闭着　在你想象时
她突然抬起头来　一下子你就失去了
整个世界　可是　中国女人只是慢慢地走近
丛林深处　她只在那里梳洗她的黑发
整整三百年　她都不动声色　然而
丛林中长满了奇花异草　三只翅膀的
鸟儿　低低地在草叶下飞　它们吐出浓蜜
哺育会歌唱的小青蚕　于是　丛林中
有一种你根本听不到的歌声　只有
中国女人知道旋律和词句　她一直弹着古琴
以便让小草　小虫　小鸟睡觉　然后　她
也静静地入梦　只有小青蚕慢慢地长　变成
紫藤花蕊　让风轻轻地吹着　就像

我永远无法到达的远峰　永远被初阳
美丽着　以至于此刻我宁愿变成
石头　久久地在顶峰守望　孤独
而坚定　直到　中国女人终于　回过头来
看着我的眼睛　微微一笑

2010.1.23　12：35　门多萨海亚特酒店

写给中国女人的第六封信

加州的阳光总是这样　一下
就灿烂的你　又暖又亮　以至于
从一棵大橡树下　仰望　天空
金黄七彩　或者　碧蓝无垠
然后　你突然明白　为什么
小鸟一大群一大群地高高飞翔
它们远离我　或者　地面上任何生物
以一种阳光的宠物身份　飞来飞去
随时抬起头　它们都在天上　甚至
天空空空荡荡　它们实际上　也在那里
就像日日夜夜　我的内心深处　都有
一个中国女人　徘徊踱步
她从不哭泣　也并不微笑　像
木棉花一堆堆开得　分不清
美艳　也许　这只是一种意象
是那类过于迷幻后的现象　一切
都其实有不同的面目　像　中国女人

即便是深夜　也会面对月亮
轻轻地描眉　和　在月光如水的
小溪中看看红唇的纹线　在
她以玉手撩水时　她变成了
三千个嫦娥　或是　貂蝉
然后　她顺着山谷走出来
一下　整个田园就芳香四布
毒蛇与蚊虫　孤狼与野马
都悄然隐匿　让一个世界
美好得不敢设想　我呢　在此刻
也不敢现身　那可是天上的人儿
看一看　都有三十年的余香　从此
中国女人就只能住在月宫上了　因为
眼下这个季节正在落叶　一下子
天就又凉又阴　中国女人的肌肤
会不堪其扰　让我心疼不已
就好比　我在一棵橡树下坐了一夜
清晨　我开始觉得我其实丑陋无比
以至于　想钻在落叶中　像地鼠
不与任何人见面　在落叶因此一堆堆
蠕动时　感到一种恶心与
不安　这极有可能　是一种世纪现象

但不至于让中国女人　衰老色败　底线
就到此为止　对于美艳与否　我
会认真思考一百年　也许　会恳求
中国女人为我装扮　我呢　也
十分情愿为她们描眉涂颜　整个世纪都行
即便是变为石头　或者是马
就如在昨夜　斟上一杯酒
然后看着中国女人的眼微醺起来
一晃一晃的　好像有烛光从灯后点亮
那种腮红是透明而又浅薄的
像被上帝涂抹过　当然　与众不同
此时　你会看到桂花开起来　在
酒杯中伸出枝叶　幽香从空中
一层层铺开　从此喝也喝不完
像中国女人的衣袖　一挥天地间
飞花走叶　你都会因此忘记喝彩
想如一个孩儿哭着扑向母亲　然后
在乳香中熟睡　这真是一种世纪意象
可以说是庸俗透顶　或
雅致之极　像上帝刚刚砰的一声
把门关上　中国女人呢　则正好
拿着一支口红　细细地涂唇　并且
让镜子里的百花开放　小鹿和白兔

上下跳跃　以一千万只的规模飞奔
中国女人把镜子照向哪里　哪里
就一片片变成高山草原　或者　像
大海一样的水世界　我们都沉溺其中
并且离岸而去　像中国女人　衣襟上掉下的
扣子　余香犹在　使阳光都变得
缓慢而庄重　当然　我们因此
再也不想回到镜子中　实际上是说
再也不想离开中国女人了　就像
一敲钟　大家就都飞奔而去　以便
第一个到达上帝的花园　那里
有许多禁果　中国女人所渴望的
并不只是苹果　我想　在任何人伸手时
一粒果子就会生长成一片林子　那种
欲念横生的世界景象　在你猜测时
你就变成了石头　成为中国女人窗前的
一种饰物　阳性却又邪魅　阴沉沉地
埋在半土中　但休想生根开花　或者
弃恶从善　这　就是中国女人预料过的
伊甸园现象　她早已就此记载于
镜子的背面

2011.2.22　7：10　洛杉矶圣马力诺

7+2 登山日记

乞力马扎罗的记忆

树上的猴子

树上的世界也许归上帝管
因而他的猴子上蹿下跳
它们往地面扔果子时还发出笑声
森林里因而显得有点诡秘
我宁愿相信枝叶中飘下的雨滴是猴子的尿
有点酸有点咸有点异国情调
我猜想它们其实是海明威的后代
是它们杀死了那只高山的豹子
它们以树果击中了豹子的眼睛
豹子仰天长啸伤心而死
从此　这个世界就再也没有豹子了
就像我们再也没有海明威
忧伤的猴子从此天天往地上撒尿扔果子
并且对任何伤天害理的结果不承担责任
它们今天叽叽喳喳对我说着
猴子　小心靠近顶峰的那只豹子

乞力马扎罗的雪

下雪了　这应该是海明威的雪
从顶峰到远山都像在倾泻
那天死去的豹子一定被深深掩埋
站在云霄中我倾听雪那边的动静
只有我的心跳与远方呼应
其实　我并不想寻找海明威的足迹
我想他一定屠杀过狒狒
一个屠杀者在高原上杀害
结局只能是再杀死自己
当杀害者与被杀害者变成石头或枯骨时
这高高的山峦就再也不下雪了

2010.2.19　17：00　乞力马扎罗3号营地（4700米木板房）

黑　狗

一只黑狗在顶峰等待
寒风中它卧在雪地上向山下眺望
它信任每一个登顶者任由抚摸
在狭小的顶峰与人们合影留念
但不说，在 6100 米的高度它为谁守候
也许它藏起了会飞翔的翅膀
在黑黑的长夜它与山灵对话
也许雪峰下它的爱人在为它烹茶
再一个考虑它前世是一个登顶者
滑坠下山谷后就长住在那里
重复登顶是它永生永世的任务
它黑亮的眼光因此有一些忧郁
它并不拒绝与我久久的对视
厚厚的毛发冰冷而潮湿
允许我的手掌紧紧地贴在上面
在 5000 米回望它　小小的黑石子

我向它仰视并深深地鞠躬

在石头上我放下粗粗的一段肉肠

转眼　乌鸦们纷至　一抢而光

2010.4.13　13：17　登顶岛峰之后　大本营

一个干瘦的夏尔巴男孩下山了

一个干瘦的夏尔巴男孩下山了
他必须行走七天到卢克兰
我的旧氧气瓶和煤气罐都在他的背上
我要的是废品他要的是美元
在北京我可以展示我的珍奇收藏
在加德满都他可以把美元交给父母
这可是一个世界上的两种态度
收藏一个旧物与收藏一个世界谁可以决定
我知道他必须走到世界的另一个尽头
可是我还知道他必须走回来重头再走
迷路时他会向天上的乌鸦询问
口渴时他会像牦牛饮尽冰河的水
一个干瘦的夏尔巴男孩下山了
从此　我的收藏又多了一些物品
在一个世界的都市我炫耀我的富有时
一个干瘦的夏尔巴男孩正在山路上行走

2010.5.9　10：08　珠峰大本营

登顶之夜

雪夜　我走向世界之巅
在世纪的黑暗中一步步上升
冰川在远山中被怪鸟撕裂
我慢慢地走背着沉重的灵魂
仰望黑色坚硬的巨影
我不断地报出我的名字
然后我的名字被我踩在脚下
每踩一次就上升一步
这就是踏上人类顶峰的过程
走一万步就有一万种痛苦
雪夜所有的痛苦又被冻硬
后来　在灵魂失踪时我依然行进
也许它向冰下的难友带去了什么口信
在我登上顶峰时它不听我的呼唤
我想它已在难友的睡袋里睡着了

2010.5.9　18：37　珠峰大本营

昆布冰川

穿越昆布冰川是一个白天的噩梦
它阴森森的在每一个冰岩后藏着长矛
踏着金属梯子跨过冰裂缝时心惊胆颤
因为裂缝的底部在三百里之深
风吹过冰川里响起无数口哨
雪块变成了印第安人的毒箭
坐下来乌鸦立即成群在头顶盘旋
它们等待你死去时啄食你的眼珠和舌头
它们会叫着你的名字将你催眠
昆布冰川从来都是它们行凶的现场
在雪崩惊天动地地擦身而过时
你一如世界的孤儿在雪雾中听天由命
你看到你的腿在空中粉碎
你听见你的哭泣像冰块一样僵硬
在你最终站在了昆布冰川顶部时
你喃喃自语说了声“恐怖”

2010.5.10　17：06　珠峰大本营

登顶之后

终于回来了
大本营就像我千年的家
顶峰是我永生不再想回攀的地方
看来去敲天堂的门与敲地狱的门一样艰难
有人在哭泣绝望
有人滑坠下岩石
有人因缺氧到处寻找废氧气瓶
有人在山上突然疯狂
然而登山者依然向上行进
我们把生命拴在了岩石上深扎在雪坡中
死亡与否其实都已经与我们毫无关系
在阳光冷冷地把呼吸冻成冰柱时
我想起一只麻雀在冬日僵死的程度
今天在山下突然想念北京
好吧　今后我要好好搭个窝

2010.5.19　10：30　珠峰大本营

泪别珠峰

我又一次站在了人类的顶峰　但还是感到了自己的渺小
我注目群峰时　群峰仰视我但我知道那不是敬仰
我从芸芸众生而来　并不能因此而脱胎换骨
即便是我超越了死亡孤独和濒临绝境的痛苦
我向一切问好　因而从此我会热爱一切
我不再预测未来　因而从此对未来无比敬畏
我将从此告别一切巅峰　甘愿做一个凡夫俗子
我想我从此会在这个世界上慢慢走　让我的灵魂自由干净
当风雪和恐惧终从记忆消失得无影无踪之后　我将归于平淡
珠峰　今天请允许我因为告别而在顶峰为你献上一条金色的哈达

2011.5.11　19：25　珠峰5800米过渡营地帐篷

雪景与死亡

在霞光万丈的顶峰上一个美国青年得了雪盲
太阳温暖着他　然而他知道他已接近死亡
他想念他的祖国　但他已无法辨清方向
他向着地狱下降　因为氧气即将耗光
他努力地伸出脚　一步步想回到人间
他爱亲人　爱生活　他才刚刚二十五岁
山鹰仰望他　哀鸣响彻了山谷
雪花飘起来　渐渐厚积在他的身上
他无法看清世界了　所以每一步都摔倒在坚石上
他慢慢地坐下来　在 8600 米的高度倾听风声
其实　他已经听不见亲人的呼唤与山友的鼓励
他在快速地僵硬变成山的一种石头
在阳光划过时　他摘下手套向世界挥挥手
之后　他艰难而又坚定地从路绳上摘下了安全锁
他向着悬崖缓慢地飞出　倒下去像一朵红色的花苞
一开放就消失在阴沉而又厚重的雪雾之中

2011.5.16　17：11　6500 米营地帐篷

死亡回忆

多年登山，几次与死神擦肩，然而，却从未想起把这种经历记录于诗中。近日噩梦渐多，突想起是心底恐惧，不敢回忆。由此，夜半提笔，一一回忆，以此描述惊险时刻。希望是结束一切关于山的记忆的作品。

2011.7.25　23：01　长河湾

长夜　我静听城市的一百种呼吸
我不愿入睡　实际上是我又一次不敢入睡
我害怕山峰在梦中一座座崩裂而下
我不敢相信我并不是冰冻在顶峰的那个人
我坐起来仔细检查我是不是还挂在路绳上
我抚摸床确信下面并没有万丈冰缝
山的记忆变成负担时眼睛就会紧闭
死亡的危险时刻像一簇恶花让人想吐——

梯子翻了

朝阳升起来了　然而谁也无法看见
它在雪山的另一边只是把寒冷的光线照耀过来
站在梯子前我感到了一阵静默的恐惧
它细长　摇晃　闪烁着白色金属的无情光芒
冰缝对岸的雪地似乎温暖起来
是的　跨过去就是舒适的一号营地
一步步踩着梯子时我的冰爪在呻吟
它疼痛疲惫刚刚穿越了一座恐怖的冰塔林
在想象的顶端我爬下来以四肢爬行
此刻我对一切都已彻底丧失了信任
在阳光一闪时我翻身向冰缝深处坠落
我看见太阳终于刚刚在雪山顶上露出一抹红晕
像一条蛇蜥我揪住梯子时世界像死了过去
挂在梯子上晃动像是一种童年噩梦的讲述方式
惊讶地叫出来我听见那只是一句咒骂
我不想死也不能死因为我还未登顶
太阳笑了　只是冷冷地不动声色

冰缝的底部白色的黑暗张开了巨龙
脚在对岸着地时我的泪水夺眶而出
跪下来我久久地把头埋进怀里
这不是母亲的怀抱可是我也感到温馨
我想听听我的心跳也想安慰我的灵魂
甘米拍拍我祝贺我还活着
我冷冷地瞪了瞪太阳向一号营地走去

2010.5.13 开始冲顶　早上六时左右
珠峰南坡昆布冰川接近顶部时

滑坠时刻

雪雾中我知道这是个全世界迷茫的时刻
一寸寸下降　路绳上的冰屑刺手而冰凉
雪莲花一样开放的脚印都突然谢了
再也无法辨清哪一脚踩向地狱或是天堂
无声无影的雪雾后似乎有魅影有厉眼
我悄悄地迈步像穿越地狱的厅堂
突然　踩在浮雪上我像一只海鸟从高空滑翔
在雪坡上翻滚我感到了困意想睡一个世纪
柔软的雪粒像无垠的云托住我轻盈而又无力
我突然明白这个世界真的无我立足之处
在我将双手深深扎入雪中时我揪住了世界的脊梁
听不见有谁喊疼时我像一朵死亡之花停止了绽放
慢慢地站起来我看见天空渐渐发亮
一切都温暖了　营地的帐篷艳黄梦幻
摘下上升器我庄重举起挂在路绳上
一步步上升回到雪道心仍像战鼓在敲响

甘米等候在帐篷前微笑时我也微笑

是的　一个没有死去的人有权利笑容满面

2010.5.17　早晨珠峰南坡登顶后

九时左右下撤至 8000 米突击营地途中

氧气罩坏在 8000 米时

爬过第二台阶时我以为跨过了天堂的门槛
然而我呼吸艰难像到了地狱的边缘
一切都模糊时我感到了无限的黑暗
我想到“坏了　这一次我可能下不去了”时我只想睡一会儿
其实　还来得及看看星星在远下方一闪一闪地眨
也看得清顶峰在面前像威严的爹盯着我看
一切都慢下来我的人生无法快速地回闪
无所谓痛苦无所谓恐惧也无所谓呼喊
山风在吹　然而我知道那只是死亡的气息
第三台阶高悬我知道那只是一道鬼门关
坐下来等待死亡时我想起了绿色的俄罗斯面罩
它简陋　粗糙　忠诚地待在我的背包里
在来得及换上它时我心中流了泪涌动了救命的呼唤
它送来清新的氧气让我从游梦中惊醒回到人间
五十秒我以一个死亡者的身份获得新生
我看见星星亮起来每一颗都湿红了眼

谢谢死亡　也谢谢星星

在 8844 米我因此多看了世界几遍

2011.5.20　珠峰北坡登顶途中

凌晨四时左右从第二台阶至第三台阶间

恐怖的顶峰

启明星最后闪烁时我从顶峰而下
天空昏亮了　山风渐渐吹起来
脚下的山谷飞翔着鹰　乌鸦　山神的八哥
路绳　如一根被恶鬼抖动的跳绳在碎岩及冰雪中摇曳
上升的路陌生了　天一亮就变成了地狱的独木桥
归程必须在下降时不停止呼唤自己的名字
此刻　死去的山友还在路线旁或仰或卧地熟睡着
俯视他们　他们像一群委屈的孩子等待抚慰与唤醒
冰块雪粒飞溅而下像他们弹玩的珠子
慢慢地走的我在死亡游戏里要找出回到人间的路
太阳急急地升起着让一座座冰峰反射冷冷的光令人胆寒
渺小和微不足道的恐惧感让我一次次想飞身而下
粉身碎骨的诱惑在 8844 的高度竟然超越进入天堂的愿望
我紧握住路绳决不允许自己像阴暗的乌鸦展翅而起
想象着 8300 突击营地的温暖我努力让自己微笑起来
很好　从第二台阶向下我终于看见了橘黄色的帐篷

回首仰望顶峰　我默默地示以敬意

从顶峰而下　我诅咒一切高度和破碎的石头

2011.5.20　凌晨5：10北坡登顶珠峰后下撤途中

塔肯纳的鲸骨

一位印第安长者卖给我一枚鲸骨
就像珍藏灵魂或者魂魄的那种器皿
印第安长者收下我的美元喃喃自语
我看见我飞进了器皿之中
印第安长者大声说这是两千年前的手工
他们的祖先杀死一头巨鲸
巨鲸吞没了三百族人
他们天天对着脑骨做成的器皿愤恨
他们预言两千年后将被人收买
他们可以从此忘记苦恼和仇恨
于是　我看见我在器皿中挣扎
因为三百个鬼魂诉说三百种悲痛
但是巨鲸用巨大的脑骨紧扣着我和他们
我想　也许这就是今天的宇宙和世界的象征
好吧　我要带着我和三百个灵魂回到北京

2009.6.30　3号营地

关于机场的警察

警察说我有了麻烦
我看他的眼神有点放光
他说我的护照少盖了章
意思是不可能再回到可爱的家乡
可是我太想念我家中温暖的床
以及美丽温柔的中国姑娘
警察有点可爱有点胖
他接过我的五十美元笑容满面
我心爱的护照就回到我的手中
我心中高呼美元万岁
在俄罗斯它可是最好的通用语言
飞机起飞时我向警察再见
也向那张绿钞告别
我想我是乘着一纸钞票飞翔
回家　一张飞翔的美元和一个登顶的人

2009.9.2　矿水城机场

关于莫斯科国际机场

这里的导弹很著名
但莫斯科国际机场像鸡笼
他用一架架航班把肥鸡运来
他只用一个海关柜台检验鸡的品种
海关的美女面对鸡毫无表情
查验鸡的种类性别与下蛋可能
老鸡小鸡公鸡母鸡与杂种鸡同聚一笼
海关的美女统统是嗤之以鼻毫不同情
二十年这里的导弹可以杀死人类两遍
二十年这里的鸡笼丝毫未有变形
警察大哥随意索取鸡蛋
鸡毛乱飞臭气熏天
在莫斯科的街头鸡犬相鸣
算了吧
大叔　我下辈子不做鸡做人

生不如死（六首）

（一）

生不如死是你彻底放弃的时候
你诅咒完山和自己就慢慢坐下来
你就是想睡十分钟再走
你很明白这是一场生死赌博游戏
然而　在你终于想到死的时候你已死亡了
你迅速僵硬像高山的一块冷石
暴烈的风在你耳边变得遥远了
一切只与梦有关并且开始温暖
在闭上眼时你感到向地心坠去
你一一拆散你的身体骨架和愿望
你懒得向山下多看一眼
多走一步都像是在地狱里行走
在最后一口氧气吸进你的肺后
你终于躺下来向着天空
天空没有云也没有太阳

你睡在天上可是天上什么也没有

生不如死

2009.12.16　5：53　蓬塔阿雷纳斯宾馆605房

（二）

在你一直想坐下来时你已经开始考虑放弃
一旦你总是俯视群山你实际上就再也下不去
山下的一个个营地在你眼前清晰无比
那黄色的帐篷像温暖的梦让你久久凝望
山鹰呢　在你的脚下慢慢地飞着
一阵气流它就消失不见了
这种消失的快感是一种致命诱惑
此刻　你想跳下去结束一切
你开始为日子的无奈感到悲哀
对那种人来人往的世界你突然厌倦
山上的石头和冰岩都冷冷地对着你
连体羽绒服内的肉体让你感到又重又臭
你懒得喝口热水或者吃点什么
有什么用呢　你只是不想走了
在听见山下有什么人召唤你时

你呢　不顾一切地闭上了眼睛

生不如死

2009.12.16　6：16　蓬塔阿雷纳斯宾馆605房

（三）

在你坐下来时你从雪坡上滑了下去
你的背包翻滚着比你滑得快
你像躺在一片巨大的滑梯上做游戏
你如一块红色的落石滑得飞起来
在背包撞在冰岩上粉碎时
你还能看见你的水壶及巧克力飞向空中
这是一种死亡的预演
你已经明白你将粉身碎骨了
此刻　一切都静止的
高山以及墓地都神圣得一动不动
喊什么都没有意义
你放弃了抓住什么的欲望
你只是向天空看看尽管它不是镜子
然而　在你被高高地撞起来时
你努力看了一下大地以及你的肢体
此后　你像一片红色的花瓣飞散

剎那间冰坡上落英点点

生不如死

2009.12.16　6：29　蓬塔阿雷纳斯宾馆 605 房

（四）

在突击顶峰的中途暴风雪来了

你像一条被速冻的鱼身体冰冷

此时你却无法从背包中拉出你的防寒衣来

它被你致命地留在了突击营地

在你想立即下撤时已经辨不清方向

风让你无法站立也无法坐下

在你诅咒自己时泪水流下来了

你知道这是一个死亡的时刻

你背上的汗已经变成了冰甲

你的脸麻木得不知左右

走着　尽管找不着来时的脚印

你还是走在风雪中喃喃自语

在你终于不断摔倒时你不再挣扎

回身向着顶峰撑起双杖

你在手杖上趴着但抬头仰望

风雪过后你在靠近顶峰的雪坡上一直抬着头

生不如死

2009.12.16　6：43　蓬塔阿雷纳斯宾馆605房

（五）

在绝望中哭泣是没有泪的
你只能默默看着归路
顶峰的热泪已经流过了
下山其实是最后残酷无情的生死时刻
你穿着沉重的冰爪一步也走不动时
你也决不愿回头仰视顶峰
你一次次掏出水壶、备用水壶以及食品放在山石上
你想尽快下撤是唯一的活命机会
就在你把氧气瓶也放弃时
你已经靠在了一个绝壁上
绝壁上挂满了破碎的山绳
它们晃来晃去让你进入彩色的梦
你像一只鹰张开双臂飞翔
飞向了你的爱人亲人身旁
你不再疲惫深深入睡
亲人为你盖上了暖暖的棉被
于是　你解开了山绳上的安全锁

从绝壁上一跃而下

生不如死

2009.12.16　6：56　蓬塔阿雷纳斯宾馆605房

（六）

在不相信死亡时你已经在死去
也许此刻你耳边会响着萨克斯《往日好时光》
一个下午的三点　你下撤在 8700 米再也不想走动
你看着 7028 的营地涌起惜别的感觉
到达那里已经像进入天堂般遥不可及
你回望顶峰想起摘下氧气面罩的那一刻
你看清了世界　世界也由此看清了你
此时　你以为你已经征服了一切
天空慢慢暗下来了　山头上余晖闪耀
你知道　你开始像一棵树枯萎
从根到叶你都在干硬死去
你不知道该向亲人如何告别
但是你却知道他们会如何悲痛
你无法想象一个世界会突然离你如此远去
凌晨四点　你慢慢地闭上了眼睛
生不如死

2009.12.16　7：41　蓬塔阿雷纳斯宾馆餐厅

可怕的一望无际

可怕的一望无际
你会从心底升起无名的恐惧
就像一个人被人类遗弃
在这种冰原你甚至会想念苍蝇
无所谓环顾
你看到什么地方都是天际
云无声地在头顶走
随时会扑下来吞没你
你走着听到自己的声音原来如此诡秘
吱呀不停而且像在远处与什么人对话
在阳光下你停下来找寻
一切也就静静地看你
你大喊后声音迅速消失
像远处有一个巨兽把它吃净
你看见巨兽其实就是你
因为太阳下只有你的影子盯着你

2009.12.18　9：16　爱国者山营地帐篷

无垠中我躲进睡袋

从无垠而寂静的冰原回来
睡袋里想起死里逃生的感觉
在冰原上我总害怕一只巨鹰将我抓走
或者一头巨鲸从脚下怒气冲冲破冰而出
总不知天际线后隐藏着什么
因为无声而让我窒息无助
巨大的空旷让我缩小成一个小甲虫
我想肯定有什么精灵观察我的一举一动
在睡袋里我感到温暖和安宁
此刻　任何声音对我都像听到福音
我想　宁可被放逐在地狱与魔鬼打架
也不愿在连诅咒也没有对手的冰原中穿行
在一个什么也没有的世界里你心神不定
在一个什么也不说的冰原中你无法自言自语
于是　我赶快钻进了我的睡袋
像藏进了母亲的子宫

2009.12.18　19：35　爱国者山营地帐篷

在机舱内小便的女人

今天　一驾红色的轻型飞机载着我们飞往 89 度
一个苏格兰女人为小便所困
她请求飞行员降落在雪原
飞行员装作什么也听不见
雪原永远是雪原
飞行像是没有尽头
女人流着眼泪向丈夫求救
丈夫拿出热水瓶请求大家帮忙
每一个人都必须喝几大口
以便清空水瓶供女人小便
然后大家都低头闭眼
女人就在大家面前小便
可是在女人心满意足后
每一个人都开始要小便
因为喝了太多的水

我呢　盼着哪怕是飞机坠落

只要能尽快解开裤带

2009.12.19　89 度营地帐篷

在南极撒尿

在南极我们用塑料袋带回大便
可是　我们无法捧着尿回来
十分抱歉只能随地小便
想一想　一亿年都没有人到此一游
在南极撒尿不知应罚多少款
每次喝水时我都在叹气
它们将变成褐黄的尿液留在南极
就像你在上帝的花园拉屎
只不过上帝装作没有看见
在我用雪掩盖住尿迹时
一片云以寒冷遮住了我
就这样　我们一直走着　一直撒着尿
也就是说　我们将撒着尿到极点
然后回到北京决不随地大小便

2009.12.21　21：31　第一次扎营帐篷

南极的平安夜

今天是南极的平安夜
晚饭后大家一齐吃糕点
以各自的语言唱着圣诞歌
凯还挂起准备好的粉笔画
他给我们每人一张明信片
在南极这可是史无前例
我看见雪原上的星星在闪
它们以千万颗反射着太阳的光芒
这里的平安夜光辉灿烂
碧蓝的天空和白净的雪原各分一半
我们的帐篷像圣诞鞋子般红艳
我想上帝一定能在天上看见
他会惊叹我们让他的极地如此温暖
平安夜　这极地雪原像一个巨大的银色托盘
把我们端在了上帝的面前

2009.12.24　20：48　第三天行军四小时扎营帐篷

戴维的行军方式

戴维每天出发时像大将军出征
他为每一个人重新分配负重
然后扶一扶腰间的导向仪
大踏步向天际走去
他极为自信总是不看导向仪
所以我们总是走着弯路
他不断停步仔细辨清方向
冷风就吹得我们发抖
他常常停下来大口吃着巧克力
吃完后一定会撒泡尿
我想　这可是狗的认路行为
怪不得他是南极的著名向导
有一次　我学着他也撒了泡尿
于是　我很快就变成另一个戴维
就这样　他在前我在后
一路上不停地留下我们的尿迹

2009.12.25　19：56　第四次扎营帐篷

一夜无眠

几个波兰人疯了
他们整夜大喊大叫
伏特加让他们判若两人
但还好　毕竟他们没有在雪地裸奔
顶峰的压力在心头还在下沉
似乎每一步艰难得无法喘息
下撤时的疲惫像毒药使人迷困
可是　这几个牦牛或者是骡子失去理智
我在帐篷里痛苦无处可逃
也无法杀掉他们以求平静
在极地没有警察也没有 110
只有冰山在夜晚冷冷地反射阳光
他们的躁动像风吹来的低温
一切都变得如此冷酷无趣
一夜无眠　一个本来没有月亮的雪夜

2010.1.7　11：48　文森峰大本营帐篷

骡子的死亡（两首）

（一）

一头骡子死在了路上
实际上　它已成为半片白骨
它的头颅已经不知去向
我想　是否独自去找它回家的路
巨大的骨架显示出它的强壮
即便是枯骨也让人致敬
它的蹄子用力地伸出去
像在最后一刻不甘死去
它的尾巴毛发依存
也许是留给来世的什么依据
这是它生前走来走去的山
现在它终于躺了下来
它允许鸟啊兽的吃尽它的肉
也向山友展示它的命运

肯定是那天它负担过重

死了也好　从此它不必再被奴役

2009.11.21　11：45　阿空加瓜大本营

（二）

后来　我又看见一堆白骨
不必想　它肯定还是骡子
它躺在远远的荒石中
我再也不敢向它靠近
我想　这是骡子的转世方式
下一回　它做山友我做骡子
它们为主人赚钱并为自己挣点草料
渴了就吃山涧的冰块
夜晚　被拴在荒野的木桩上
我常听到它们半夜悲鸣
我知道　那是山夜过于寒冷
那是它们心中过于痛愤
我坐起来打开头灯给它们灯光
它们于是就安静下来
可是我无法再给它们什么

只能把美钞交给它们主人

也许　明天它们的草料有所丰盛

2009.11.21　11：56　阿空加瓜大本营

门多萨的阳光

在门多萨的街头麻雀与狗都懒得睁眼
阳光呢　无处不在地从绿荫一缕缕穿透
人们热情地开着车从狭小的街道飞驰
一个小天使从婴儿车里只是注视着妈妈
大眼睛的女孩在给我端啤酒时深深地笑
她的西班牙语让我听到了天上的音乐
我想　异乡是一个有梦的地方
在梧桐树下我开始发呆的时候
小蜘蛛爬出来在我的桌子上走来走去
它可是穿着红绿的鲜艳外衣
一闪就变成了一只鸽子飞走了
南美洲的神秘就是这样的故事
在阳光下什么都能听见和发生
你瞧　在我半闭眼睛等待午餐时
一个白发老者走着时就变成一位黄衣美女

2010.1.14　13：55　餐厅临街花园

雨林的查亚

我是一个来自北京的古老文明人
站在一个赤身露体的印尼土著人面前却无地自容
他手执弓箭向我微笑
他刚射杀三只我不知名的动物
向导说今晚他将和家人吃掉它们
我知道其实他们是食人族
吃掉一只动物与一个人只是个时间问题
光着屁股与穿着衣服是一种文明悖论
我谦卑地想着他们洁白的牙齿微笑
并且想象着他们在吸吮我的头盖骨
他们的眼睛藏着不知含义的神秘注视我
我就感到了长箭穿透我的腹部时的疼痛

2010.7.23　12：20　查亚雨林

裸 者

这是一个像叶子一样走来走去的人
也就是说在他一丝不挂时他也能直视着你
他如一根干硬的藤蔓枯瘦典雅
一开口他就称我为兄弟
头上的羽毛表明他杀死过许多鸟
他的胸前挂着一根长长的猪牙
他裸着走在阳光下发亮
他裸着说话他的猪牙好像在笑
我暗暗地计算我的衣服厚度
也顺便数了数我的内心包裹了多少层
这里是一个叶子重重的雨林
这里是一个一无所有的顶峰
我是一个穿着防风衣的登山者
我从不敢在这个世界上与人赤诚相见

2010.7.24　21：11　查亚雨林

雨　林

我想我应该算是世界上最不幸的人
因为我不得不在雨林中爬行
雨林像肆无忌惮的女人泼皮无赖
尖牙利齿　披头散发　一触即惊
她以利刺枯藤让我寸步难进
她吐了几口唾沫小溪就变成激流
在我踩住她的苔藓时世界都在摇坠
她让我像野猪般掉进陷阱
我在长长的泥坡上滑坠时天地都在崩塌
我看见树叶中闪笑着鬼魅的眼睛
山鸡在深夜不怀好意地站在帐篷前嘀咕
野山狸在山顶上向下扔石头
我像蛤蟆蜷缩在帐篷的雨水中时
雨林里飞满了千万根毒箭
在被穿透之前我坐了起来
想家　想念灯火辉煌的都市夜晚

2010.7.27　6：10　查亚雨林

咒 者

雨夜　一切都变得无声和无味
土著人点燃了林火沉默庄重
他们以低沉而缓重的和声起舞
此时　他们是雨夜之魔来临前的咒者
草木在咒语下慢慢躺下来
在雨滴中将爪子扎入泥土中
我在帐篷中坐起来向雨夜张望
猜想一定会有一头巨蛇匍匐而至
它以黑亮的长体吞食咒者
然后消隐在雨林深处
咒者被带走了
然而　咒语却在火焰中开始响亮
伸出双手我以咒者的弧度击掌
草木就恢复了腥香与躁动
我向着泥土轻轻说了一句话
林火熄灭　一只彩蝶在夜空中飞起

2010.7.27　7：16　查亚雨林

扎破脚的小男孩

小男孩背着土豆跟随我们行军
他像一只小山猫敏捷而快活
踩在树根上他就变成树的一根枝叶
跳跃时他和他的土豆时隐时现
在坡顶他会转眼间点燃草木
然后顺着烟雾大声呼喊
远处他的父辈们在雨林中回应
很好　他和土豆都感到了安全
从未见过他如何吃掉他的土豆
他总是围着我笑轻轻碰一下我的衣袖
残枝扎破他的赤脚时他依然飞奔
就如一头瘦硬的小野羊在雨林中跛行
他的血在树枝上根本看不到痕迹
就如他对于雨林或者是人群无足轻重
清晨　他帮我捡起我的登山杖
然后　轻轻地说了一声土著话语

2010.7.27　9：40　查亚雨林

土著人的弓箭

正午　土著人向我展示他的弓箭
他瞄瞄大树　树干就惊恐地抖动
他裸露的臀部像一块榨干水分的黑石头
他长长的竹箭像地狱里长出来的青刺
他说他曾经是猎头者有一口洁白的牙
他的脖子还挂着一颗长长的猪牙
走路　喝水　爬山　过桥时他都紧握弓箭
我猜想其实是他内心对过去的战斗深深怀念
以一个战士的身份他做着我的背夫
因此　他总是盯着雨林深处等待敌人出现
一出发他就在我的前面消失
可是　他随时都知道我的一举一动
在我滑坠时他会在草叶后露出他的脸
长长的弓箭在他的背上晃动
也许他一生都不可能向敌人射出一支毒箭了
也许在漫长的雨林之夜他会暗自流泪

2010.7.27　10：35　查亚雨林

墙上的北极熊

它垂下头来向着地面这证明它确实是一张皮
它尖利的爪子也伸向地面这说清了它的死亡事实
它紧紧地贴住了墙以表示它曾经很强很大
也许　它生前吞食过五千只海豹和猎狗
我从来没听过它吼　当然它再也不能吼叫了
可是我盯着它还是从心底产生畏惧和渺小的恼怒
它并不需要以“7+2”来证明自己的超凡脱俗
此刻它就是一张皮　却依然令人胆战心惊
想到了它会潜伏在冰天雪地一千年以捕猎海兽
挥拳击穿三千米厚冰拎出来一头巨鲸
它慢慢走　从不在乎岁月或是谁生了谁又死去
被击杀时不会像冰雪般融化只是深深蹲了下来
此刻它低垂眼帘似乎不屑于谋杀者和我
当然　也没有了长长的红舌头卷住一头北极狐磨牙
酒足饭饱后我想应该摆个姿势与它合影留念
意思是一个中国男人和一只墙上的北极熊

2011.4.4　20：31　极地朗伊尔城宾馆330房

地上的北极狐

一只雪白美丽的女北狐蹲在地上仰望
我们喝酒吃海豹肉　鲸鱼肉　它只是龇牙咧嘴地笑
她太像杨贵妃的女儿令人神魂跌宕
被杀完　让她的身世更加迷人心灵
她像从宇宙掉下来一尘不染　冰清玉洁
这世界最美丽最纯洁的总是香消玉殒
我设想她冰雪中的国家应该总有一枝海棠
她以花瓣为床盖着冰丝的薄衣
她轻轻地走来走去　世界为之摇荡
她细细地柔顺地叫　但并不让任何生灵听懂
死亡前她忍住了剧痛试图最后一笑
谁杀完谁　因此失去了伤感以及哲学意义
长夜的风一直翻动她的雪毛及双耳
她慢慢地僵硬　以免惊吓冰下的鱼儿
我向她拍照时　她眼睛里闪烁了忧伤
其实　那是一种只属于天使的特殊神情

2011.4.4　20：53　极地朗伊尔城宾馆330房

哈里王子的秀

哈里王子在北冰洋中游泳了
其实　那只是他奶奶教唆他做的秀
他外套我们的急救保暖衣　坐在浅水中摆酷
自然　他很开心　大家也都开心
晚餐时　他们高谈阔论　当然旁若无人
他们酒足饭饱　可怜的我们才能够上菜
因为王子需要到 89 度徒步表演
所以他必须霸占飞机飞头一班
所有的人们要因此修改行程
所有的麻烦都需要自己解决
这是北极　没有皇宫只有冰雪
一个傻小子在全世界玩酷　让人哭笑不得
王子们在阿富汗玩杀敌　在北极玩慈善进入玩的最高境界
阿富汗的孤儿　北极点的熊狐鲸豹夜不能眠
此刻　那个哈里王子高高胖胖正在四处游逛
此刻　所有的北极熊都必须被排除在三十里以外

2011.4.5　11：10　极地朗伊尔城宾馆 330 房

今天在北极点

在北极点环顾世界其实什么也没有
北极熊留下巨大的爪印不知去了中国还是美国
静悄悄的冰面下应该有巨鱼想捕捉我
我看见东南西北波浪涌伏
在寒冷中想象一切温暖的黎明
主要是空旷让现在及未来显得无足轻重
冰凌此起彼伏的像要大声说话
海豹轻轻地走　拉着妈妈冰冷的手
我敲敲幻想中的门　然后在帐篷中等待回应
今天在北极　一切都很干净和冰冷
我睡在冰层上　恐惧会突然沉入五千米海底
星星在天空后　天际处飞　阳光便闪烁起来
我高举五星红旗让自己像一个异国男人
我无法从坚冰中带走或种下一粒种子
月亮在白夜的天空上有点像透明的叶子
站在极点　我裹紧防寒服以免自己枯萎

2011.4.13　0：32　89.6°　北极点帐篷

旺加队长

旺加队长每天清晨都要敲一次我的帐篷
当然了　我知道他是怕我在半夜窒息死亡
他每天不停地逼迫我喝水
结果呢　我必须不停地撒尿气喘不停
他给我设计的登山路线总是与众不同
以便我在崩溃之际刚好到达营地
他总是压着我行军不许后退
以至于我心怀不满怨天尤人
他不许我吃雪和摘下墨镜
也不许我白天入睡和脱去冲锋衣
下山后我总会想起他　想起山峰
想起生不如死的痛苦、无奈与崩溃
那一天　我们终于登上了顶峰
隔着雪镜我感到他的泪水奔涌
我们共同俯视喜马拉雅山脉
我们看见山鹰在脚下飞翔的仰望
我们看见白云的背部被阳光涂满锈黄

是的　这就是旺加队长

我的藏族兄弟生死与共

2008.9.8　卓奥友5200米过渡营地

山上的故事（五首）

山上下雪了
山上的雪很大
我们只好在帐篷里听故事
听旺加队长讲述关于山难的故事

一

二〇〇三年的一个九月
一个国际女子登山队扎营在 6900 米
听说她们个个美如仙女
征服了天下登山的男人们的心
当然　也征服了许多 8000 米以上的高峰
那天
她们就扎营在 6900 米
不幸扎营在一个山神所厌恶的坡度
深夜一场巨大的雪崩将她们全部埋藏

也许是山神将她们收为己有

也许是乌鸦妃子因嫉妒所致

她们的夏尔巴协作前去打探

又一场雪崩没有把他放过

她们从此长眠在厚厚的冰层之下

美女们的容颜从此不会改变

她们永远美丽带着美丽的梦幻

那天

只剩下厨师在大本营做好了早饭

我猜想有咖啡有鸡蛋还有奶酪

自然　六副刀叉整齐地摆在餐桌前

自然　还有六十只乌鸦窃笑等待美餐

明天　我将要去 6900 米适应性训练

明天　我将为她们带上咖啡奶酪和鸡蛋

二

旺加队长吃完了他的糌粑
又低沉着描述了一个关于乌鸦和眼睛的悲惨故事

那是不久前的一次登顶之后
他们下撤在 7900 米的时候
在一个冰坡的背阴处发现了一个男人
那是一个已经僵硬的西方男人
旺加队长为他套好了睡袋
旺加队长为他安排好一个舒适的睡姿
于是　这个男人仰望着蓝天长眠
这个男人无忧无虑地背靠着冰山

又过了不久　可能是两三年
旺加队长又回到了卓奥友大山
登顶后他去看望他不知名的朋友
当然　他的朋友依旧向着蓝天长眠
但是　乌鸦们偷吃了他的舌头、嘴唇和双眼

以至于他不能诉说他对家乡和亲人的思念
旺加队长又深深地把他埋在了雪里
那洁白的冰雪就将他与二十一世纪隔绝

我想　我应该带上我的苹果 MP4 去向他问安
让他听听我在顶峰朗诵过的卓奥友颂诗篇
我会放下一听红牛以解他的思念之渴
我会敬礼说他是最具魅力的男人和山友

三

旺加队长长久地沉默后又喝了他的统一牌咖啡
接着讲述了一个极其缠绵而又悲惨的爱情事件
那是一个他不愿讲清日子的登山季节
一个美丽温柔的日本女孩要求协作登山
高山反应和体力透支让她痛苦不堪
旺加队长请求她考虑下撤以保安全
女孩泪花奔涌向大山深深鞠躬
女孩手捧着一张令人难忘的照片
那是她的父亲含笑凝望
旁边是她的恋人英气逼人
他们就共同埋葬在这一片冰原
登顶下撤后滑坠下深渊
从此　深渊像女孩的心年年冰冷
深渊像安静的床年年把女孩召唤
清晨　旺加队长发现她走向深渊
桔黄色的背影还有长长的发辫
还听见她一声声将父亲和恋人呼唤

太阳被她召唤得金光烂漫

雪莲被她召唤得晶莹伤感

一滴滴露水像眼泪洒遍了万丈冰原

阳光为她开路她飞下了深渊

刹那间深渊烈火熊燃

她的父亲张开了慈祥的怀抱

她的恋人失声痛哭跪接他的心肝

我想　美丽的女孩从此幸福无边

我想　我们对活着或者死去是不是理解得过于简单

我想　我应该去深渊边大声祝福

我想　我再不应在二十一世纪低俗贪婪

四

旺加队长的故事让我泪流满面
他叹了口气又把故事讲完

卓奥友山峰有许多冰川裂缝
就像人世间的阴险时刻把人暗算
一对日本恋人随队前来登山
高山缺氧让幸福的女孩力竭
刚强的爱人请求她在营地休整等待
他会将她的祝福带上高山顶端
她等待在 7200 米的二号营地帐篷里边
她等待着爱人冲顶归来相拥下山
太阳笑起来了
山风暖起来了
她的爱人第二天上午在归途上显露出身影来了
女孩的心像雪莲花淡粉色烂漫娇艳
她扑向她的爱人忘记了危险
她就在她的爱人面前坠入了冰川

在冰川的深处她还不停地呼唤
她说爱人啊我永远是你心中的雪莲
她的红色羽绒衣像爱情火焰
三天三夜后再听不见她的呼喊
三天三夜后她依然点亮着她的爱情火焰
队员们紧紧拉住痛苦的男孩三天三夜
痛苦的男孩又痛苦地呼唤了三天三夜
直到今天
人们还能张望到冰川底部的火焰
山风吹来便能听见美丽凄婉的日本民谣
人们啊　这可是真实的故事让你动颜
它让我们爱人们爱大山

五

“我再讲一个美国的帅哥的遭遇吧”
旺加队长端着甜茶久久不忍开口
那个美国小伙又高又帅礼貌和善
他善于从顶峰滑雪下降万分惊险
一连三年他都像山中的雄鹰
一连三年他都挑战不同的路线
山上的鹰儿已熟悉他的身影
他们共同嬉戏雪花飞溅
山上的乌鸦已惧怕他的行踪
它们敬畏他不亚于敬畏山神
他踏上滑雪板时像山上的王子
他飘逸着金发像世界的天神
他从人类的顶空飞翔而下
你会忘记人类的丑恶和低俗的世情
最后　一次突变的山风让他改变了路线
他飞下了不可能复生的山峰
旺加队长看见千万只山鹰向山峰下扑去

漫山遍野都是山鹰们的哀鸣

乌鸦们哭泣着四处传告恶讯

山友们摘下氧气面罩向英雄致敬

至今大家都不知道他的姓名

但都期盼着他能再次飞翔在山顶

旺加队长说常常有一只雄鹰向他鸣叫

常常有一只孤狼在冰川中长嚎

山友们有时会将星条旗展放在山峰

星条旗会乘风而起飞翔在山谷之中

雄鹰就在旗帜上空盘旋

孤狼就会在冰川中跟随旗帜飞奔

我说　那肯定是帅哥想念家乡和亲人

2008.9.14　卓奥友5800米ABC营地

知青日记及后记

夜晚的军刺

大家知道　知青的日子极其简单
干农活　挣工分　与农民打成一片
长夜呢　喝酒打赌议论异性的长短
青春的胆量超过梁山泊的好汉
那一夜　我打赌一人半夜到黄河边坟地打转
我带上一把军刺冲入了黑暗
夜晚的黄河诡秘不安
月光像一只只切碎的鬼眼
野狐狸猎鼠忘记了吃掉另一半
踩在脚下似乎听到痛哭的呼喊
老黑猫上树抓麻雀居然倒吊在树干
坟地里萤火虫绕着人走躲躲闪闪
冷风吹醒了酒　我的心开始狂乱
突然间传来一声不知名的呻吟
我两眼漆黑摔入了坟地的河滩

后来　我带回了一片头骨黑发还成片

油灯下放在炕头男的变色女的疯癫

第二天　我回到坟地寻找我的军刺
那可是武装基干民兵的三八大盖配件
它静静地躺在水底清晰可见
一堆白骨伴着它让我毛骨悚然
我想　　白骨的主人也许需要它在夜间壮胆
算了吧　我向民兵营长报告军刺被老猫叼走

三十年后　我又回到了那片河滩
一切变成了盐碱地白茫茫一望无际
但有一棵枯柳半明半暗
我知道那是我的青春和军刺相伴

2008.6.10　2：36　碧水

段小妹

她是一个回乡青年的妹妹很乖很甜
她只读过小学　长辫长过了腰间
她很羞涩　总是对我的眼神躲闪
我很喜欢她总和她的哥哥打成一片
有一天　我从城里带回一架老式相机
她不得不站在了我的镜头之前
终于我能够眯着眼看清她美丽的脸
我还说这种相机好用但是对焦太难
在她快要流泪的时候我终于按下快门
黑白照片中她的痛苦和不安更令人爱怜

当然了　后来她肯让我坐在她的车座后面
稻田里拔草时也肯让我用她的花头巾擦汗
在那青春的夜晚我夜夜难眠
我幻想带她远走高飞　洗衣做饭
我想麦穗很长也有收割入仓的时候
高粱很红也得割下来上交公粮

结果在我离开农村的前一天我摸了她的乳房

她的哥哥在前边骑车一次也没有回头
她的身体在自行车七扭八歪的抖动中也没有倒下
我想她是流了泪因为她抽手抹了一把脸
我想我一定回来带走她情长意绵

后来　我再也没有回来
她也从来不回复我的信件

再后来　许多年以后我回到农村
她已经是一个母亲　温柔贤惠
她依然低头　依旧红脸
她说她不再下地只是做饭
因为她男人外出打工能挣些钱
她说她从来没有收到我的信件
她说她看见我好她也过得坦然

是的　我看见她好我也过得坦然

2008.6.10　3：04　碧水

地里的女人

地里的女人都结了婚　娃娃一大群
她们不觉得苦　干活时乐个不停
她们会把一个男人掀翻在地脱得一干二净
我猜想她们肯定也曾想对我有所行动
她们会讲你从来没听过的淫乱故事
她们还知道许许多多的性丑闻
比如说　昨夜有两个知青在麦垛偷情
惹恼了老鼠吓疯了女娃赤条条跑回了村
再比如说谁家的哥哥大白日与情人上床
哄骗妹妹上房顶取玉米后又把梯子搬走
屋里边女喊男叫不顾不管
房上边妹妹破口大骂却盖不过淫声

她们的神奇在于她们因此干活很快
早收工早回家多挣了工分
我的神奇在于我并不脸红
但因为不停地喝凉水她们笑个不停

晌午时收工回家有人给我做鸡蛋摊饼
却不说不笑生火烧水一本正经

地里的女人教会了我的人生
我想　这可能算是中国式的性启蒙教育
许多年以后我也一本正经
但我想念那些地里的女人

是的　我真的想念那些地里的女人

2008.6.10　4：30　碧水

张　钢

张钢是大队的拖拉机手
那时候拖拉机的型号是东方红
所以　每天在东方红的时候他就发动马达
唤醒了我去吃他的芝麻油饼
最神气的是坐着他的拖拉机进城
就像今天京城有人坐着陆虎大奔
有一个大队干部晚上打狗走了眼
一枪打穿了他的拖拉机后轮
他叹着气修补还捎带着补充
说不如打断他的腿他也好养养病
他家的鸡蛋多半做了我的佳肴
他舍不得吃说看着我心疼

在我离开的清晨他来送我
抱来一床花被发动了他的东方红
半路上他从麦场扔上来几捆麦草
说坐着舒服　花被送给我带到京城

那天的路上并没有什么秋风
我的双眼却开始朦胧

许多年过去　人们已经忘记了东方红
我与他相见他是坐着中巴进城
他不喝水不吃饭也不多言声
他说他正在封斋要去麦加朝觐
我想给他点一份鸡蛋炒饼他一露微笑
却面对我坐得很直恭恭敬敬
他说孩子们都大了他也安心
他说拖拉机颠坏了腰阴天有点酸痛
我说是他的拖拉机把我拉向了新的人生
他说他不懂什么意思他一生拉过许多人

直到今天我都必看电视转播麦加的朝觐
每次似乎都看到了他的身影
有一次我向财富专栏记者发问
知道吗　中国的东方红最牛最红

2008.6.10　4：40　碧水

秋收的麻雀

秋日的黄河飞出很多麻雀
它们从泥黄的波浪纷纷钻出来一飞冲天
嫩黄的嘴角羽毛满世界
它们在我的麦田生儿育女拉屎撒尿
它们像大地的无赖快活自然
它们视我为骷髅在我的眼前扑扇
在我敲锣的时候它们在麦穗上跳舞
在我放炮之前它们隐身不见
在我辛勤耕耘的岁月它们都在哪里呀
那可是我已被偷窃过的岁月
在我磨利镰刀前麻雀们已磨亮了尖嘴
这真是一个糟糕的知青年代
麦粒被麻雀们弹起来金光四溅
我的工分在算盘上一点一点递减
我向麻雀们大喊滚蛋
去你的　这个烂麻雀的世界

2010.11.11　4：58　CA984　航班 4C 座

黃会计

我是黄会计我很有权

我掌着印把子和算盘

乡亲们婚丧嫁娶都要找我开介绍信

自行车指标木头配额都归我管

我的工分最高因此我可以乱花钱

因此我可以常喝一块一毛八分的地瓜干酒

乡亲们最有面子的是能请我出席婚宴

盘坐在炕上我会双手划拳

其实我常常把酒倒进盖碗茶里

乡亲们都会装作没看见

我会掏出五毛钱作为份子钱

大队干部嘛　在村里已顶了天

由于是知青我从不好意思闹洞房

反正第二天大家会向我描述昨夜听床的细节

由于是黄会计我必须时时有气派

比如说　说话时我就会在田头蹲下来

比如说　我的上衣兜里老插着钢笔

它用来记账以及记录黄会计的知青岁月

2010.11.15　2：25　中坤大厦办公室

陈税务

陈税务有一辆摩托车
他呢　主要任务是骑着它四处收税
只要有人家宰羊杀牛他都会出现
牛五元羊三块收税不讲情面
他的好处是即便是美媳妇抛媚眼也没用
想一想如今　还真找不着这样的好税务官
其实　陈税务是别有所好
那就是骑着摩托过黄河到东山打猎
他说追着黄羊跑时看着公羊睾丸他就兴奋
他喜欢那臊味以及那忽近忽远的阳物
他追赶时常常比公羊还激动
以至于常常忘了扣动扳机
黄羊们在沙漠中一对一对地逃跑
他总是孤身一人一对一对地狂追
有一天　陈税务在沙漠中跑光了油
为此　他走了三天三夜像一只离群的公羊

失去了摩托车他受了处罚

从此　他一语不发浑身带着羊膻味

2010.11.15　5：58　中坤大厦办公室

猎雁记

春天大雁们回来了　在黄河滩上觅食
我像一头狼匍匐潜行接近它们
我手握一只三八大盖刺刀又长又亮
它肯定杀害过我抗日军民今天我用它射杀大雁
因为是春日　雁群刚回来有点激动又叫又喊
它们让一只雁站在高处不吃不喝站岗放哨
我向黄铜子弹吐了口水上膛瞄准
这是一百米距离我足以射杀世界上一切生灵
大雁们在阳光下依偎晒着疲惫的翅膀
它啄食春耕的种子以及蹦跳的蚱蜢
黄河水缓缓地流　飘荡着大雁的羽毛
我慢慢地扣动扳机祈盼我的运气很好
一锅雁肉会让我的日子不至于总是无味枯燥
枪响时雁群沉默下来交头接耳
哨雁张大了翅膀向着泥土伸长了脖子
在我提起猎物时天空暗了下来
群雁低掠过我一遍又一遍

由于是春天哨雁又轻又瘦

也许只够来一个爆炒喝二两地瓜干酒

然而　从此我一喝酒就醉

从此　黄河滩再无雁群归来

2011.7.28　12：20　大兴人代会结束返回中坤大厦途中

水·魅

穿过世界回家

我静静地走在一片树林里想听见什么
叶子们都摇动着像要飞离的小鸟
太阳或是月亮照耀得温情而柔软
穿透了枝叶让我沐浴在光线中
一切都是静静的　包括我的心灵
我静静地走　穿过世界回家
小蜗牛呢　也在慢慢爬
但我并不因此想走得比它快
在我分不清叶子滴着露水还是流泪时
我只想静静地走在我的岁月中
我喜欢一切也害怕一切
我因此常常像小蜗牛缩在壳里一动不动
我只等一声蝉鸣或者一缕鸽哨
那时我就展开双臂接受任何扑进我的怀抱的人或东西
比如说　一位仙女　一头小鹿

2010.12.27　8：20　喀什噶尔宾馆5号楼

幻　象

夜半　雪花的深处有呼唤的声音
我猜不出那是一只灰兔还是一只鸽子
仔细地凝视四处都没有什么脚印
因而　我也无法决定该去哪里
雪花一片片地飘　像是第一次从天外来临
像走着很远的路又疲惫又激动
我在此刻想抚爱一切　一切却远离了我
雪花的深处有些呼唤的声音
什么都在雪花之中　我伸出手有些冰冷
也许就在此刻可以测测世界的温度
我微笑着　但雪花深处也没什么回应
想象着谁站立在雪花深处裹紧了围巾
她在向远方呵气　远方就清澈起来
一切都寂静时才能判断出星星的位置
仰头一个世纪也无法看透宇宙的终点

在我举起手臂想随便指指何处时

雪花就凝固了　一切都变成了幻象

2011.1.4　2：11　长河湾

空　寂

我看见星光下一只蝙蝠飞来飞去
因为无声而一切都显得过于诡秘
我轻轻地呼吸以免引起蝙蝠的关注
我宁愿静静地站在这个世界里
我想打响指的时候我诅咒了自己
我宁愿看着这只蝙蝠飞来飞去
慢慢地垂下眼睑在星光下假寐
无所谓困倦也无所谓清醒
这是一个蝙蝠的时刻我不需要清清嗓门
解开衣领让肌肤在夜霜中冰冷
如一匹白马轻柔地抖动后腿
可以走也可以不走或一切如故
蝙蝠呢　在星光下一失踪我就怀疑
我害怕面对一无遮蔽的空寂
星光一闪烁我就知道其实蝙蝠也不会远去
它看见我被大地重重地戴上了脚镣

但是　因为空寂而使我恐惧时

星光下　我张开了双臂像一只蝙蝠一样飞起来

2011.1.4　2：32　长河湾

猎枪携带者

我是一个猎枪携带者　在田埂上走着
我习惯于走田形的路反正也无所事事
在麦粒掉下来时我知道这是世界说话的方式
或者说那是一只麻雀找到了它的粮食
云　可有可无地团团飘着
我用枪指向哪里　哪里就一片寂静
风一吹麦子们都倒下来柔顺而细腻
此刻　它们变成了一群群小田鼠的被子
在这种情况下我就变成一尊高大的家伙
手持猎枪扫视着这个世界
我的任何一种吼叫都足以形成风暴
以至于我产生了做任何人主人的欲望
在思考这是否是幻象时踩了踩我的影子
它没有说疼但也不肯挪开一步
在我背对着太阳　证明我与世界的距离时
我的影子走在了前面扛着一把猎枪

2011.1.11　5：49　长河湾

马兰花的蓝

我从来搞不懂马兰开花的神秘过程
它淡淡的紫或深深的蓝让你感到岁月的某个部分
在露水滴下来前我都在观察它的晶莹程度
我猜想它的种种苦涩和疼痛
你想想　大漠里它会被驼蹄一遍遍踩过
小蝮蛇也会紧紧盘住它的根
我呢　会在酒后围着它和衣而眠
清晨　在一阵驼铃声中坐起
一切都与马兰花开毫无关联
其实　也许是马兰自作多情
荒滩上　沙坡中　马兰花无处不在
我走过天涯它都是飘放同一种香味
它生长得过于泛滥以至于你都懒得采撷
驼铃一摇它就把露水一抖而尽
我呢　无心也无必要在旅途中为谁装扮
星光下　紫色漂浮起来后我闭上了眼睛

2011.1.11　6：57　长河湾

外　婆

外婆坐在紫藤花下睡觉
她像一只老猫宁静而又气喘不已
正午的日光下她很像院墙上的秋葫芦
枯黄干涩一点也闻不着气味
她肯定再也不会有像蝴蝶一样的飞梦了
她只是一个以日计数的老太太
种下一枚什么种子时她也丝毫不再激动
收获　实际上已与她毫无关系
光线在这种情况下亮起来又暗下去
外婆在瞌睡中像一只老猫俯首帖耳
就连小老鼠也不经意地在她脚下觅食
它总是能够找到外婆牙缝中漏下的饭粒
因为是秋日　风一吹什么都叮叮当当地响
可是外婆总是紧闭着她的眼睛
她把耳朵遮得严严实实
外婆只是沉睡在这个世界里

2011.1.19　20：53　长河湾

在声音里走

我一直想在声音里走　穿过森林或者世界
然而深夜星星被云遮住后一切都像是末日
无法听到或想象杜鹃花开放时的呻吟
以及一朵紫菊在秋末如何凄凉地枯萎
阳光明媚时世上万物应该都在叫喊
小鲤鱼飞出河面时在打着口哨
天黑后外婆会停止打嗝以便听清是否有人敲门
实际上　她是在等待外公从另一个世界归来
天上的飞机飞过时我就想起那些来自天外的人们
他们喝牛奶吃玉米在大钟寺中坤广场购物
小蜜蜂不会一下一下地敲锣或是大喊大叫
它们在一万年前就已为这个世界把音定调
我在声音里走　像一朵花盛开或像一块铁生锈
尽管如此　我还是努力让自己的心脏慢慢地跳
在有所抱怨　有所诅咒前应该在田埂上坐下来
像一只蟋蟀摇动发须从而让整个世界宁静

2011.2.22　4：34　洛杉矶圣马力诺

大海中的火车

清晨　一列火车从大海里叫起来
其实　我知道这是因为我住在海岸边的缘故
想象着铁轮在海水中疾驰而过
我没有坐在上面或是在上面临窗眺望
海是寂静的因为过于宽阔和此刻的黑夜
鱼们还在不同层次的深处睡着
因为恐惧冰冷我不敢躺在海面上看星空
因而也不至于被一列火车碾得粉碎
我急于等待大海明亮起来以便看清车窗后的人们
我猜想那里一定有一个来自另一个宇宙的信使
此外我还希望黑鳍鲨从海面跃起
它细长健壮优美的曲线像海底刚发的芽
把双脚浸入海水体会变成鱼的滋味
当然我永远不会是那辆列车上的乘客
不会了　这是一个告别一切的我的时代
静下来　我侧身细听两行钢轨尖冷的抖动

2011.2.22　5：55　洛杉矶圣马力诺

与世界的距离

夜晚　我坐在海边思考与这个世界的距离问题
因此　我强迫自己观察星星映照在海面到底能漂多远
在星星变成鱼群从远处蜂涌而回后我不知所措
其实　我宁愿让星星变成小菊花种满海洋
什么都在议论唱歌或者吟诵但我就是听不见
看来　在黑暗中我真的是一个盲者
幸好海浪一点一点地让我感到了凉意
张开口　让海风从我的身体穿越
回想起在沙漠里走在山路上爬我几乎扑进海
我需要任何人像母亲把我紧紧抱在怀里
空贝壳在海岸边像枯叶被海水翻来翻去
它们是海的星星但却不再发光
搁浅的鱼儿跳跃但此刻没有海鸥来啄食
但有一行脚印一直走入了海的深处
我以星星排列的方式为它做好了归途的标记
之后　海面上长出了一株株银灰色的水仙花

2011.2.26　0：59　美国洛杉矶 Newport Beach，Linda Isle 96 号

海　兽

期盼从海潮中涌出一群海兽时我紧张不安
因为我害怕我对海的恐惧和疑虑终将成真
我看见海潮一条条变白然后卷起细沙消失在女孩脚下
我认为自此我将被慢慢地溶化长出尾和鳍
此刻　没有什么人有呼喊和惊讶的勇气
海潮从远远的地方来像带着千万年的邪恶
往日的野蛮和自以为是渐渐逝去了
在海潮后退时我也不再产生不过如此的念头
看着小贝壳在阳光下微微张开心就感到有点疼
大海的爪子又细又黑揪住了一只要跑上岸的螃蟹
不用解释我知道我是一个不能越狱的囚犯
一条沉船的锚牢牢拴住我不能乱了方寸
像一只在海底圆圆睁大的眼睛透视一切时为阳光所痛
在海床上种上紫苜蓿以饲养我的海马　海羊
在异国海滩上讲述故事的欲望时我脱下了风衣
冰凉与咸湿就弥漫于世界的空气中

2011.3.6　12：06　迪拜帆船酒店大堂咖啡厅

异香的树花

飘散着异香的树花半向沙漠半向海洋时暗下来
无论如何想象也不知它会在何时闭上眼睛睡觉
五十种空气的叶子中果实被一只只蜂鸟掠走后只剩下守望
树花一层层湿润起来像温暖于怀的小兔子
于迪拜的海沙上我一次次举起手向远处召唤
之后　我放纵我的马随它变为海洋中的龟或沙中的蛇
作为一个回家的男人我卷起裤腿踩在海滩上
慢慢地走　并不想飞跃起来或抖动我的羽毛
我从海波上摘出一朵花时呼吸有点急促
因而　我看着海水卷着叶子离我又疾又远时心怀忿恨
由于遥远　海洋静得绝对假象　过于彩艳
以至于绝对不能相信大海兽正在海深处生出五亿只卵
它在暖流中散步打盹并吃着它的子孙们
它吐出的唾沫和口水都闪烁着千奇百怪的光芒
这样的时刻无论唱着多少种乡谣也不过分
转过身　我出于厌恶　心情疲倦

2011.3.6　12：21　迪拜帆船酒店大堂咖啡厅

旅　途

在旅途　我穿越了一座座机场与车流　因而更加孤单
我把每一顶红色的帽子都看作秋海棠并不在乎它们的国籍
我席地而坐背靠墙壁　闭目细听时没有思念乡音
此时　我把自己当成自己的爸爸妈妈以及哥哥姐姐互相问答
常常以手心做纸写下一个又一个目的地以及出发时刻
可是　实际上我更愿意把表藏起来以便忘记我祖国的岁月
有时候我会敲敲一扇你不会打开的门装作欣然归来
可是实际上我还是不想掏出一张回家的直航机票
这是一种可以向任何人微笑和问好的孤独途程
即便是随意照照镜子也不害怕为什么偷笑
在阳光中飞　在星空中飞　可以向下俯视　也可以向上仰望
就像儿时在原野吹散了一束束蒲公英去向神秘之处
也像儿时一直想走进一道彩虹通向一个无垠之地
在我迷路时　我就在大地上划下问号询问世界
手握一只苹果让它温暖起来以便让旅途不过于寂寞

在它准备发芽时我却在另一个旅途吃掉了它

之后　我在一个水果摊前向一个姑娘买了一大堆苹果

2011.4.6　23：50　极地朗伊尔城宾馆330房

远遁者

我把双脚赤裸着伸进黑夜以测试星光的温度或是远处什么生灵在走

星光很湿润像一层层看不见的水波推动我在玫瑰香中睁开眼睛

小树林后的狗狗不叫了　可能是因为小山猫去找彩色羽毛了

此时　可以往任何地方去都不会掉入深渊或是迷失归路

白天的小石头此刻都变成了小蝌蚪在夜幕中一群群抖着小尾巴

于是　我压抑住赞美而感动的叹息变成这个夜晚和世界的一部分

关于爱情和伤感的记忆漫不经心地从心底漂浮上来

自然　于这样的夜　一切都足以和值得悄悄哽咽或是潸然泪下

黑夜的厚度成为我不愿意说出或写下任何关于我及他人秘密的理由

我呢　在赤裸双脚时一直都认为我其实是一个远遁者和无影人

而且　我知道所有的叶子都是在一个秋日的深夜落到地面枯黄腐烂的

从此　黑夜就开始弥漫阵阵花香或是在星空中绕满紫藤

实际上　在我发现一簇白蘑菇在夜雾中无声长出来时　我也不

表示惊讶

因为　那极可能是一只相思鸟以一种变化的姿态在长出新的翅膀

我承认我是以一种嫉妒和痴醉的心情在此刻想起了种种生死离别

可是　我不是相思鸟　因而我只能在一个夜晚赤裸双脚在星光下朦胧

2011.4.26　00：34　西藏日喀则定日珠峰宾馆 203 房

红蜘蛛

红蜘蛛在叶子上爬　像正在穿越一个世界
它在阳光下闪　血红刺眼　让心紧缩
它用细细的爪子揪住一切如同宇宙的捕获者
慢慢地吐出丝来　慢慢地设置它的世纪陷阱
满天的风吹起满天的丝时　一切都抬头仰望
万物都像上帝的猎物又像是它的敌人
红蜘蛛时而飞翔　时而疾驰　时而犹疑
红蜘蛛时而美丽　时而邪恶　时而忧伤
田野时而荒凉　山川时而黑暗　河流时而干涸
红蜘蛛在叶子上爬　无所谓岁月也无所谓迷途
光线沿着蛛丝照亮远方以及照进密林
千万种身影渐渐隐现在枝条中晃动
于低贱走向高雅　由卑微走向尊贵
红蜘蛛在叶子上爬　像不动声色的主人
它消失在叶子背面后天地枯黄起来
倾盆的雨荡漾着天空　大地　以及密林

2012.5.10　9：37　旧金山四季饭店早餐厅

文革记忆前传——苦难岁月

·现代乡谣·

引 子

夜半　我起身倾听那自远而近的声音
可能是一匹马　可能是撒旦　也可能是一位猎杀者
它在穿越时收起了蹄子或是脚坚定而缓慢
日日夜夜　它追踪我　偷窥我　以我为敌
它无形　刺鼻　总是大声地咳嗽抖动
它以猩红的长舌卷住一片片肢骨或是灵魂
它从不飞翔然而不停煽动巨大的羽翅
它逼迫我在阴影中跑　像绝地的蛇呲呲作响
在我想象这是一种投胎的过程时一切却静下来
喘息声以隔壁的老者的方式苍硬而无情地此起彼伏
往事　不堪回首的像蚁群爬行起来无声无息
恐惧　耻辱以及变种如毒火阻塞了世界的所有通道
想象撕裂一切时天空却微微发亮了
淡粉　轻薄　以及漫无边际
它挥挥巨手向天下打招呼像历史的主人
它把尖牙吐出来以表示对整个世纪嗤之以鼻

我因此鄙视所有的天空以及太阳　月亮与星星

我还仰起头向宇宙深处骂了声“混蛋岁月”

2012.10.5　18：32　MU5171 航班 6A 座（自黄山返京）

枯骨的父亲（四首）

一

我的父亲可不是一个好人
他怒目粗声挥舞着大巴掌
我两岁时他打哭了我抱我在炕上睡觉
他斜着眼倾听我是否睡着
我三岁时他被五花大绑捉走
他们说他是一个现行反革命
他是宁夏“双反”的革命成果
他是人民的敌人被关在西湖农场
因为敌人太多　牢房太小父亲生了病
他偷藏了三个月的药一吞而净
他们把他埋在荒滩时他还睁开了眼睛
浓浓的眉毛　厚厚的嘴唇
因为是敌人　不配享有墓碑因而父亲像一条狗无名地腐烂
从此　他只是荒原中一堆白骨无色无味

后来　革命又胜利了他被宣布无罪赔偿了三千元人民币

可是　至今我并不知道如何解救他被五花大绑的灵魂

2012.10.5　19：21　二号航站楼机场高速路上

二

我对祖国的记忆是从饥饿与贫穷耻辱与低下开始
我对父亲的记忆却从他的逮捕大会结束
那些革命的人们捉来了许多反革命分子
他们以粗硬的麻绳紧绑住父亲的双臂及喉咙
我猜想父亲一定想喊我是共产党员我忠于毛主席
可惜我只有三岁不知道这是一种绝望的哀鸣
他们一定勒疼了父亲的心　他紧闭双眼
之后　他顺从地低下头像听话的士兵
因为他是西北野战军的团长肯定杀死过许多国民党兵
因为打败了老蒋他又支边建设祖国西北边疆
他在兰州运粮在宁夏铺路架桥
他做书记当领导激情于为党献计献策
他被逮捕了　自然是以革命的名义
人们喊口号打耳光不许我哭喊跺脚
他绝不睁眼看看脚下惊恐的我
他在战友的怒吼声中微微有些颤抖

毛主席的战士最听党的话　哪里需要哪里去

他蹲在卡车上转眼消逝于深深的黑暗中

2012.10.5　22：46　长河湾

三

父亲死了　变成一个游魂　因为他并没有坟墓
也许这是因为他打老蒋杀敌人的时候也很残酷
他肯定曾经把长长的刺刀尽力插入敌人的胸膛
那也许仅仅是另一个刚刚穿上军装的乡农
他在用一把药杀死自己的时候坚不出声
他翻滚打地　紧紧地揪住自己的胸口
管教人员把他像狗一样倒拖着走时他不曾踢腿
我猜想那是一种表示忠诚的表现
仅仅十几分钟他就消失于乱坟岗中
因为　那里早已由反革命分子挖好了无数的坑
在革命需要战斗的时候他曾战斗
在革命需要牺牲的时候他就牺牲
他以一种冰冷的方式消失于世界
他以一种残忍的程序留给我悲痛
从此　他像狗死去了　我呢　像狗一样开始生存
我决不杀死自己然而我也决没有获得过新生

对每一块墓碑我都会致以崇高的敬意

对每一根白骨我都会尊称为父亲

2012.10.5　23：24　长河湾

四

父亲自尽于人民二十年后变成了三千元人民币
还好　还有一份为“黄俊甫同志平反”的国家证明
我分到了五百元在北京大学喝了三天酒
我向同学说是我的父亲在阴间发了财卖了灵魂
可是我总是从酒杯中看到父亲的眼睛
他闪烁不定倒有些像泪光闪闪
在一个把一切都平反了的年代我变成了酒鬼
感谢父亲　我有钱喝酒有脸面见人
在贺兰山上我和兄姐们把父亲与母亲合坟
以纸条我们写上父亲的名字埋进了土里
还有　我们也把他的名字写在了母亲的墓碑上
鲜红的漆　大大的名字凝视着我们
我没有勇气为他戴上一顶军帽致以军礼
因为不知他是否在生他那些战友的气
如果他活着　我猜他会拔枪把他们统统枪毙
其实　他不知道后来的岁月更糟　更不值得提及

从此　我喜欢喝酒　喜欢吹牛　喜欢大声说话
面对女同学我常常说我父亲当年是团长

2012.10.15　20：55　长河湾

瘸腿的母亲（四首）

一

我猜想母亲其实是认不了多少字的半文盲
她用鸡毛掸子抽打我时眼露凶光
如今想来那也许是在扮演丈夫的角色
身为反革命分子的老婆就是最低贱的女人
她有四个孩子她希望他们统统上学
她每天挖土卖土从未抬起过头
星光暗淡时她拉着她的板车出门
三十多岁的女人像一头母驴套在车上
她从街道上穿过　辱骂声四起
她似乎从不洗澡也从无新衣
她步伐很急　像走在世界末日的小道
她阴沉着脸做饭洗衣心事重重
我猜可能是因为缺粮少衣借不着钱
也可能是考虑她若是死了孩子们能不能活
她在嚎哭的时候会双手拍地

她会喊“政府啊你咋不来管一管”
以后她走过　满街的娃娃都学着她跺脚喊天
以后她走过　满街的邻居都看着她撇嘴斜眼

2012.10.15　21：21　长河湾

二

母亲去收尸时父亲已成为荒滩野魂
她在一座座荒坟中走想找到她的男人的尸骨
坟堆来不及长草　数不清也走不完
母亲向每一个坟堆鞠躬喊着她的男人的名字
她在大街上向每一个人哭诉狼嗥
人们弃她而去说着　活该　你这个反革命分子家属
她在路灯下呆坐了长夜无声无息
她的孩子们蜷缩在炕角不吃不喝
自此　她总是在夜半起身走来走去
挑水时她总会走错了方向
她挖土卖钱养活四个孩子
她捡菜叶剩骨回家也从不脸红
一天黎明挖土时城墙塌了埋住了她
还好　有人捡大粪看见了她露出的一只手
还好　她没有死但自此她瘸了一条腿
还好　她还能干活但头上留下了巨大的疤

因此　那个小城孩子们学着她瘸腿走路

因此　那个小城大人们笑眯眯看着她露出的头皮

2012.10.15　21：52　长河湾

三

母亲的脾气似乎从来没有好过
她会突然发怒打得我屁滚尿流
我打赢邻居孩子时她会暴打我一顿
邻居的孩子打破我的头她还会狠踢我的肚子
上学时她会追出十里地从我书包里抢回偷拿的馒头
学校批斗五类分子子女她会在台下叫我老实认错
我不低头她会喊　打他　打他　打他
我忍住泪她流着泪在那个革命的年代
后来　我学会了上房看书发呆她再也逮不住我
她只是每天留着门由我在天黑后溜到炕上
她骑着自行车去工地值夜班时我会跟着她跑
我跌倒时她也从来不减速不回头
我啃瓜皮吃　捡烂桃核她无动于衷
她从来不流泪但我看见她总是眼睛很红
有一次她终于用五分钱给我买了一块绿豆糕
天哪　那真是人间美味我至今记得味道

还有一次　我坐在炕沿抢饭右脚踩进了火炉

好几天　她抱着我　我终生感到了温暖

2012.10.5　22：16　长河湾

四

后来　母亲还是死了　因为值夜班时煤气中毒
那一年她属虎　五十岁应该是活得精疲力竭
当时　我猜想那是因为我终于当知青了　已经自食其力
现在　我认为那是她恨透了日子以及人
她躺在病床上患褥疮腐烂　喉咙时时有痰
有一天我喊她时她眼角流出了泪我却欣喜若狂
她坚持了八个月然而终在一天咽气
瘸着一条腿　头上一个疤　穿着新衣装进了棺材
她再也不用到北京上访喊冤了　尽管还是反革命分子老婆
我再也不会挨打了　尽管我还是反革命分子子女
我们把她埋在了贺兰山上然后年年扫墓
还好　她有个墓碑上面刻着她的名字“颜秀英”
我们把父亲的名字埋进她的坟里假装合坟
我想起来我从来没有听见她提到过父亲的名字
在我有钱后我又为她重修了一座大大的岩石墓
又大又高又圆　我想她住在里面一定很开心
在这个世界上她终于安全了因为她的丈夫已被平反

她的儿子已经是福布斯富豪有头有脸

今年秋天我打算回家乡为她上坟磕头

我打算称她为伟大的或可怜的“中国女人”

石油工人黄玉葆

黄玉葆是个石油工人　当然了他还是我大哥
作为长子吃了人间多少苦他从来没有说过
初中时他就失学做学徒在电影院画猫画虎
他带回家的连环画成了我的文学启蒙
他沾满油彩在小城早出晚归
他说师傅很好　今天给了他一个洋芋
他省下了一大半留给我　吃完我哭着还要
他怒气冲冲推倒我夺门而去
为多挣钱他到戈壁当了石油工人
他常说我当个石油工人多荣耀
因为是反革命子女自然要为他常开批斗会
会后他必须为革命者在高墙上画幅毛主席巨像
十岁时我陪着他挨完批斗回宿舍大喊大笑
我们高唱革命歌曲但严重跑调
我们在戈壁滩上捉蝈蝈摸跳鼠追野兔
晚饭后坐在灯下数饭票

工友们看着他假笑躲着他走

因为他总会突然用大头鞋踢飞脚下的石头

2012.10.16　22：52　长河湾

测绘工人黄玉瑛

我的姐姐黄玉瑛脾气不好嘴又叨叨
应该是初中毕业就当石油工人又上了卫校
她嫌我是个丧门神整天哭啼就用盐塞我的嘴
她与母亲斗气总想撞车上吊
后来当了测绘工人她常年在荒山野外
那一年她的三个工友被洪水冲跑
也许是女孩无足轻重她没挨过批斗
也许是她会撒泼把人挠得嘴烂牙掉
泼妇情结在阶级斗争中占了上风
她总是让人又厌恶又害怕又不得不讨好
因为是文化大革命了大家谁也不怕谁
正好　那些走资派当权派统统被打倒
他们不敢再以革命的名义抓人杀人了
我的姐姐以砸烂一切的姿态走得又快又傲
埋葬了母亲后她开始为儿女操劳
不忘把我的驼绒褥子拿走为女儿做尿垫

在我上大学后她时时寄给我三十元钱

现在她总是来电话问我要不要油泼辣椒

2012.10.16　23：15　长河湾

地质队员黄玉弟

我的二哥黄玉弟与我是冤家对头
小时候因为太饿我们总是为吃争斗
他打我时会手下留情我却没轻没重
他带我马嘴下偷豆饼曾把我扔下自己逃跑
马夫没打我给我豆饼他哄着我要
后来一次翻墙时他摔破了脸嘴肿得老高
邻居的孩子一人打我们俩我们不敢还手
因为他的父亲站在旁边手叉着腰
高中毕业他当了地质工人跋山涉水
好像没给过我什么钱也很少向我笑
到了商业局他负责电器采购威风不少
我猜想他拿过回扣吃过客户烟酒不愁
文化大革命观念不同我们每天争吵
他造反我保皇都把红宝书举得最高
我们都想不起父亲的模样因而从没叫过爹
我们都曾与母亲吵架没大没小

我们像放养的狼龇牙咧嘴土头土脑

现在他是我的部下我命他回家养老

2012.10.16　23：35　长河湾

我的名字叫黄玉平（五首）

一

其实　我的小名叫嘎平
六零年快要饿死时母亲差点把我送人
我的姐姐抱着我大哭死不松手
然后　我就活下来然而一点儿也不太平
因为没日没夜的哭家里人叫我丧门神
因为爱尿炕我的屁股总是被打肿
黎明　母亲去拉土在锅里留下两个洋芋
二哥总是抢先把它们吃得一丝不剩
掉下土炕我总是再也爬不上去
吃沙枣太多我总是拉屎脱肛
秋收后在地里捡菜叶我和二哥被农民关在羊圈
姐姐又哭又喊天黑我们才被放回家
寒冬腊月我的手脚冻裂鼻涕很多
抹在棉袖上又黑又亮刀枪不入
上小学我是班里当然的贼

谁丢东西老师都会翻我的书包
同学们打队鼓我羡慕得偷偷哭
没带过红领巾是我心头久久的痛

2012.10.16　23：51　长河湾

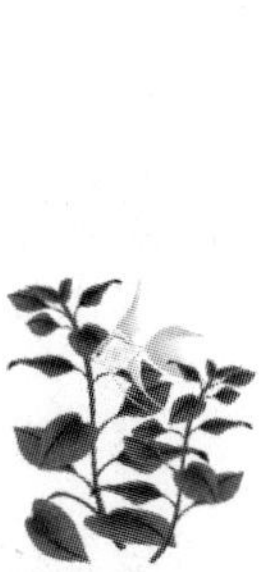

二

其实　现在回想起来的日子主要是屈辱

我偷过玉米捉过鸭子砸碎过人家的窗户玻璃

我太小　邻居太狠　经常把我打得鼻青眼肿

我呢　死缠烂打在深夜往他家扔砖头

他家刚出生的婴儿差点被砸烂头惊吓过度

邻居挂白旗休战送我几块红糖

日子像狼一样什么都得撕咬不屈不挠

我如无赖如泼皮革命者唤我二流子

要饭时我会抢走食客剩下的汤不顾一切喝光

我还会在银川公园与秃鹫争抢肉骨

我曾经捡吃大便误以为那是一段麻花

那天起我知道吃屎喝尿也并不是世界末日

那天起我明白我只是个贱民在一个伟大的祖国

我知道了流浪时三天不吃也不至于倒毙街头

我知道了讨到了剩饭决不能狼吞虎咽以免呕吐掉

月光下偷瓜我保证个个熟透香甜

我如国家的蟑螂令人厌恶但不会被赶尽杀绝

2012.10.17　20：36　长河湾

三

我不认识死神但我自小就常常擦肩而过
其实　我该被狼吃掉被人埋掉和在荒山上摔死
十一岁我独自在贺兰山荒庙听狼嗥叫
整夜　我不停地往外扔石头浑身发抖
至今　我想起那个长夜就怒火攻心
插队时　因为找不着狼我就射杀了许多狗
十四岁　我用铜扣腰带打破了一个小子的头
他的舅舅抓住了我押我上车开到了黄河边
他挖坑让我跳下去说要埋了我
我死盯着他骂了他家的祖宗十八代
他叹了口气上车扬长而去
我走到了天亮晕倒在家门口
秋天在贺兰山揪野杏我摔落在岩石上
放羊人抱我到他家喝了小孩的尿
我想我因此没死爬在拉沙子的车上回了家
靠在墙根不吃不喝呆呆发愣

成了富豪体检时医生说我的肝动脉早就断了

我猜那天一定是因为死神喝醉了正在睡觉

2012.10.17　21：03　长河湾

四

母亲是童养媳　有一天从家乡青海湟源外逃
我是个没爹的孩子后来就出生入死野性难消
母亲被狼群堵在山洞里三天三夜最后放生
我被当成贱民在我的祖国的大地上无处可藏
工宣队代表绕着女同学笑裤裆顶得老高
看见我会瞪直了眼叫我和反革命父亲划清界限
军代表训话时会叫我出列高喊毛主席万岁
让我把灵魂深处的肮脏思想好好交代
邱仲芬是解放军首长老婆因而是全校最高领导
她从未正眼看过我一直想把我开除出校
她宣布对我留校察看保证一辈子将处分装进档案
我唤她邱矬子当她的面把办公室玻璃统统砸烂
女同学出身好骂我是小流氓我就把墨水灌进她的脖子
男同学骂我妈我曾在课堂打掉他的三颗门牙
逃学在城墙上读《复活》我觉得人类也挺好
因为《斯巴达克》我认为我就是一个角斗士后代

《基督山恩仇记》让我有了复仇报冤的人生大计

我是《被侮辱与被损害的》因而我有权诅咒

2012.10.17　21：50　长河湾

五

已经记不清少年时被批斗过多少次了
但我记得我从来没有低过头
他们让我的同学拿着木头枪押我打我
下台后我就抄起凳子把他的头打破
当然也记不住少年时被痛打过多少回了
但我知道我从来没有告饶过
我会手持钢鞭把落单的打手打得皮开肉绽
我还会手握气枪把铅弹打在游泳的坏小子脸上
小城其实没有狼但我的灵魂总被撕咬
小城是塞外太阳明亮但我的心从来没有温暖过
这是一个故事讲出来有点凄凉
这是一种岁月想起来让人心伤
这是一段历史提起来无比耻辱
这是一个国家走过来伤痕累累
我们杀死过自己的父亲羞辱过自己的孩子
今天　我们盛装下的胸口一定隐隐作痛

戈壁滩上的荒坟已经荡然无存了

过去吧　那一种让人心酸的苦难岁月

2012.10.17　22：34　长河湾

绿度母

村庄（六首）

一

村庄　在一个灰色的想象中
这只是一根烟后的比喻
我不断地进进出出
实际上　村庄里空无一人
由于不被照管
马匹以及羊只站在锅台上
它们像一堆堆悬梁的白骨
风一吹就诡秘地瑟响
我向一个篮子里放入土豆
土豆立即长出长长的绿蔓
我想　这可能是村庄讲故事的方法
这也是村庄至今存在的独特理由
我静静地在街巷中走
却没有任何尘土飞起来
在一个个关上每扇门窗时

也没有遇到什么抵抗

最后　我将我的影像贴在墙壁上

有人从小巷的深处拍响了巴掌

2009.11.14　5：20　美国洛杉矶 Newport Beach 96 号

二

我在村庄里讲述哲学
由于是黄昏我就不必打起遮阳伞
自然　我也听不见我讲的一切
其实　出于恐怖我什么也没讲
一堆一堆的黑发在村庄里到处飘摇
它们长长的在清晨被仔细梳理
这应该是村庄的一种生长方式
想到此　我剃光了我的头发
我向村庄长吐了一口气时
村庄就开始摇晃作响
风迎着我吹了起来
目的是让我听见婴儿的哭闹
就在我真的挤不出乳汁时
一切都平静了
我只好背对着夕阳走
以便让我的影子为我带路

2009.11.14　5：31　美国洛杉矶 Newport Beach 96 号

三

站在村口
我掏出了身份证
地址是错的
那么　一切也都错了
我一个一个地核对门牌号
因为有误感到心情不错
每当我写上什么数字时
我的影子都会把它抹掉
我知道　影子有其正当性
它要维护虚无的不可复制的地位
但我只关心一只骷髅狗会否蹿出
咬住我然后讯问我来自哪里
这是一种极其严重的责难
这是一个闯入者要回答的问题
站在村庄里我开始苦思冥想
最后我变成了一只骷髅狗
举起了我的身份证

2009.11.14　5：43　美国洛杉矶 Newport Beach 96 号

四

想了许久
我还是要在村庄守夜
因为饥饿
我其实已无处可去
无论是一条迷踪的蛇
或是一个失忆的女人
我都应该据为己有
坐在碾盘下我吞吃美味
实际上　那不过是我的一只脚
想象着我吃光村庄的边边角角
我开始在村庄的夜晚昏睡
炕头上　悄悄爬满了五花的蛇
肥硕的女人在深巷里四处走动
我知道　这是我腐臭的结果
我因此成为村庄的种子
我把我吃了下去
然后　我又把我拉了出来

2009.11.14　5：57　美国洛杉矶 Newport Beach 96 号

五

等不及天亮　我就爬了起来
满村的死狗需要我清理
趁月光还在　我为狗们举行葬礼
我在墙上挂满狗皮
狗们在墙上看着我叫嚷
我举枪将它们再一次射杀
其实　这就是杀死一个村庄的过程
没有什么道理好讲
也没有什么秘密可言
透过断墙我凝视一幅发黄的肖像时
我向自己吃吃发笑
没有办法
我必须在天明时如公鸡打鸣
以便让村庄显得有点生气
我举着舌头不停叫唤
太阳来临时村庄却还是毫无动静

2009.11.14　6：14　美国洛杉矶 Newport Beach 96 号

六

村庄　村庄
月光时它就阴阴白白的
一切都在悄悄地走
即便是我
也只能无声地滚动
苍蝇在门板上已几百年了
它们只是偶尔摇动毛须
我刚把鞋挂在枝头
它就变成了骷髅鸽子
抗议也没有用
村庄嘛　就是这样
我在沙子上细细描绘这一切
然后又把它们抹得干干净净
我可不想成为什么泄密者
也不想像哈耶克评判这是什么世道
但我愿意证明这是一种海市蜃楼现象
村庄　村庄

2009.11.14　6：38　美国洛杉矶 Newport Beach 96 号

黑暗中（四首）

一

在黑暗中　我静静地舒展身体
我知道　内心深处的黑暗也在舒展
彼此　我并不与黑暗较劲
站着思考时我习惯在黑暗中挥动手臂
我看见它们在黑暗中跌跌撞撞
这没什么
光明的问题由另一些人去考虑
在我心怀黑暗行走在黑暗之中时
另一些人也会带着他们的光明行进
我在黑暗中刮胡子以及抹护肤品
作为一个男人我已经习惯黑暗
我会从黑暗中找出一条红色领带
想象着一团火在黑暗深处燃起
这可是我的光明与他人无关
它明亮后我的心就更加黑暗

我深深地走进去再也不回头了

缓缓地一步接着一步

2009.11.14　10：17　美国洛杉矶 Newport Beach 96 号

二

在迈入黑暗时我感到了恐惧
我以利爪撕扯着自己的身体
这黑暗泥泞而且腥臭
每一道爪痕都奇痛无比
我知道我不可能从黑暗深处找到什么
那里只有草在慢慢地生长而且尖利
兔子们和山鸡被穿在草叶上
我想　这可能就是黑暗的铃铛
歌谣在黑暗中低低吟诵着
但看不清是老奶奶还是老爷爷
我知道黑暗东西比南北宽长些
也好　这是不会走失的诀窍
黑暗下雪时　雪花飘着黑色
黑色的脚印就会通向黑暗的远方
我把脚放进黑色的脚印里以确保安全
不迷路　不摔倒也不后退了

2009.11.14　10:41　美国洛杉矶 Newport Beach 96 号

三

我划亮一根火柴时
黑暗并没有离我远去
我久久地注视着它的深处
然后又把一根火柴划亮
我听见黑暗中的蛇嗞嗞作响
它们使黑暗扭曲起来
此时　我触摸着黑暗黏滑的肌肤
它们一层层紧紧纠缠　盖在一起
这可是一种拒绝的姿态
这是黑暗的少女之膜
我静静地坐下来倾心细听
但黑暗却蒙上了面纱
我想我的确应该裸体而立
用不着对黑暗再隐瞒什么
然而　在我准备向黑暗仔细告解时
黑暗却无形地滑向深渊

2009.11.14　11：01　美国洛杉矶 Newport Beach 96 号

四

我静静地在黑暗中坐着
手握一把无弦的古筝
我轻轻敲击黑暗四面的墙壁
想挂上我的一幅肖像
当然　一切都无济于事
黑暗屏蔽了一切
我摸着我的眼睛和耳朵自语
确认这就是画面上的形状
透过黑暗的空气我缓缓抚筝
起舞时画出黑色的弧线
黑暗中我打开一扇门然后又关上另一扇门
以确信黑暗中除我再无他人
就在我的筝弦断曲尽时
黑暗超过了零下三百度
我找到一块土地躺了下来
向黑暗举起一朵黑玫瑰

2009.11.15　3：44　美国洛杉矶 Newport Beach 96 号

雨　夜

雨夜　我在森林中无处可去
黑蜘蛛在叶子的背面紧盯住我
绿色的蛇像青蔓一条条爬上来
雨滴和水珠顺着它们的皮流了下去
想象着坐在海底仰望星空
我紧铸住双脚不动声色
在一切都变成水时我就成为了鱼
挂在树梢上从容考虑一切
我冷冷扫视雨幕后的动静
我让一根枯木渐渐温暖起来
马蹄声隐在森林深处嘚嘚远去
我想　应该有一支飞箭正射向我的心脏
一切都会静下来的　即便是雨夜
水珠会慢慢地流　一滴一滴地干涸
我穿透雨夜看清了世界
从此　雨就不停地下着

2009.11.15　5：37　美国洛杉矶 Newport Beach 96 号

秋　天

秋天的时候　河水慢慢流动
枯叶　残枝以及上面的蚱蜢都跟着走
当然了　阳光以及雨都会一块移动
可是　它们统统不会带上我
我猜想它们在陌生的远处所处境地
实际上它们会从地球那一头再流回来
它们视我为一个回归的标志
就如我已经被一种现代性解构
所以　在秋天时我也慢慢地走
观察小松鼠如何藏起它的冬粮
这可启发我藏好眼神
不能显出哲学层次的不满
即便是森林中的鱼在开花时也不能有所议论
秋天是一个什么都可能发生的日子
就像你在阳光下盯住一片落叶

它在极为不满时就迅速死去

你呢　就再也没有什么叶子可盯了

2009.11.15　7：33　美国洛杉矶 Newport Beach 96 号

渺小的感觉

为一种渺小的感觉而深为不安时

变成一棵巨大的树也丝毫无用

树的叶冠从荒原遮蔽到河流

阴暗的影子下声音一再被隔绝

谁也无法像一块巨石站着

即便是大声唱着歌或吹着口哨也做不到

看一看那些大地缝隙中的脚印就足以让你丧失自信

不论是你爬着还是飞着都不比一只毛毛虫大

这种可怕的羞辱让人生不如死

只有为这个世界打铁或者诅咒世界

在洪水让我们像鱼虾一样漂浮时

我们得承认我们从来微不足道

讲述任何历史都不能让我们成为巨人

肢解一种语言只能说是胆大包天

肢解一个国家只能说是丧心病狂

击毙任何伟大都不需要举枪瞄准

母亲　感谢你养育了一个平庸的孩子

2009.11.15　11：13　美国洛杉矶比弗利山庄街角咖啡馆

语言的盒子（三首）

一

我带着语言的盒子在高空飞翔
从一个陌生的异乡飞往另一个陌生的异乡
思考时　盒子有点发烫
这应是语言错乱的结果
因为过度的诅咒
我已经关不上我的盒子
语言像纳米一样排列起来
它们优美而又冷酷
闪闪发光　情绪激昂
语言否认与我有任何关联
我一再重复它们也没有用
可是我还是必须带着我的语言盒子
否则　我将在这个世界上落单
一次次打开　一次次关上
语言与我　越来越对立

在降落的时候我与语言决裂

也好　这是我与世界决裂的时候了

2009.11.17　美国 AA1420 航班 3F 座（飞往达拉斯）

二

以一种语言为敌人是杀死自己的最好方式
这意味着向一种崇高泼冷水
那些关键词其实就是鹤顶红
一出口就足以致命
我们通过复述向圣贤致敬
从此　我们就称为语言的奴隶
例如　在我说一切不过如此时
我突然丧失了语言功能
所有的语词都离我而去
我只好敲鼓以表达不满情绪
我想　也好
本来我也只不过是一只猴子
不止一次掉进语言的陷阱
他们命令我与一只母狗交配
以培育语言的杂种
但最后我却变成了语言的马
站在人与猴的中间

2009.11.17　19：01　美国达拉斯机场餐厅

三

我梦见骑着语言走来走去
坐在伟大的词上因而显得伟大
我谨慎地绝不轻易开口
这可是功成名就的最佳直径
他们说我因为富有可以随意讲话
可以抓住语言的蛇四处捕猎
可是我知道　我只是个蛤蟆而已
并且早就窃取了语言的秘密
我曾经毒害了五位语言大师
他们梳着整齐的白发胡子刮得很干净
我从此在语言之间放荡不羁
解构一切人与语言的关系
审视从左往右的排列规律
以及为一个失宠的语词系上领带
当然了　我需要在语词间小心行动
像一条无鳞而黏滑的鱼

2009.11.17　21：04　AA945 航班　往智利圣迭戈 6A 座

鱼的问题（五首）

一

鱼的问题确实不好解释
它们浑身滑滑的
你都懒得捕捉它们
它们总藏在深深的水底
或者藏在柳荫下偷窥你
你恼火也没有用
它们不屑地一摆尾而去
你沿着河向世界什么地方去
它们呢　早已在河流中抄了捷径
你向河水中扔下一块石头时
它们都不屑于向你吐个泡泡
这会是一种激怒的程序
你捕杀它们以网或者钩
它们就繁殖一大群一大群的让你无奈
你死后漂浮在水里就是它们的美味

这是它们最终的复仇方式

当然了　你也可能埋在土里变成枯骨

可是鱼呢　还是滑溜溜地游来游去

2009.11.24　12：20　阿空加瓜 5400 米二号营地

二

鱼的哲学问题不知道是什么结构
它们与你对视时让你有死的欲望
它们只是冷冷看你　绝不回避你的眼神
你呢　由于昨夜刚偷情就有点心虚
你说你这是在解构自己
鱼呢　无动于衷游来游去
夜深人静时它们还是游着
我想　它们的痛苦可能是宇宙的基因问题
你分不清鱼的妈妈爸爸还有情人
所以　这就是人与鱼之间最大的麻烦
在这个层次上没有什么社会意义可探讨
鱼也一直保守着它们的秘密
它们会冷静地看着你吃掉它们的爸妈和情人
然而即便如此
也决不告诉你它们怎样讨论死亡的意义

2009.11.24　13：10　阿空加瓜 5400 米二号营地

三

鱼一直是与上帝作对的动物
它们一群群地游到想去的任何地方
它们根本不在乎死时上帝就无奈了
当然鱼们本来就无所谓天堂
它们永远只是在水里
那可是介于地狱和天堂的区域
它们会从石头上飞
它们还会放冷箭伤害什么东西
它们在深夜交谈时会记录在案
第二天它们就在海的深处一动不动
有时　它们会慢慢地漂浮在水面
仰望着天空远处的什么
也许　它们早就认识另一个星球的鱼类
它们彼此沟通但决不告诉人们
它们写信的方式只是吐泡泡
它们鄙视我们只会开口说话

2009.11.24　13：55　阿空加瓜5400米二号营地

四

我杀死一条鱼时看见我坐在鱼肚子里
原来是我一直替它捕食洗碟子
我在它的肠子里走来走去
还以为这是世界的幸福小路
我用鱼钩钩住我自己时无法挣扎
原来我一直吃着自己的肉
鱼认为我本来就是它的鱼无可争议
它吃我也就是吃着它自己
如此应该与任何世道无关
鱼就是我　我就是鱼
这应该是当下一个重大发现
当然了　我在鱼的肚子里可以往任何地方去
这也是作为鱼的我的绝对好处
所以　它们杀死许多鱼时就杀死了许多我
可是　还有许多我从海底冒了上来
我们一齐向这个世界吐泡泡

2009.11.24　14：20　阿空加瓜 5400 米二号营地

五

鱼的形状千奇百怪
不像我们只有两条腿
它们结婚时一起生下亿万个孩子
它们出行时因此浩浩荡荡
它们在任何水里都不发声
即便面对熊的利爪
当利箭穿透它们的心脏时
它们也决不叫一声痛苦
当你变成浮尸漂浮时
它们会围着你仔细观摩
但是它们绝不想与你做任何交配
不论是长条的还是扁平的鱼
鱼就鱼　不管你是活人还是死尸
鱼死后它们互相吃下吞净
所以　鱼从来就没有什么道德问题
不论是死鱼还是活鱼

2009.11.24　14：45　阿空加瓜 5400 米二号营地

父亲的斧子（四首）

一

父亲是一个严肃的历史课题
他往往像一棵树被砍倒
其实　他是抡着斧子砍着自己
这样　森林消失时
我们就没有了父亲
父亲夜夜烧着木炭锻造斧子
他的双眉一直燃着烈火
他仔细地吹去红铁的渣皮
他的斧子锋利地砍着世界
他一斧剁去我的手指时火光四射
我的手指就变成了杀人的匕首
我杀害谁谁就变成木炭
我这样就举着手指四处行走
后来　父亲制造了个巨大的风箱
他需要更多更黑的木炭

我只好走进他的风箱

父亲高高举起他的铁锤

2009.11.24　16：45　阿空加瓜 5400 米二号营地

二

父亲总是在黑暗的那一边
他从来没有回答过我的任何呼唤
我不敢把黑暗变成光明
比如高高地点起一把火炬
可是那样我就会烧掉一切
这个世界怕火　不容半点懈怠
有时　我想象父亲会变成一头牛冲出黑暗
巨大的尖角闪着电光
也许他会像一头迟疑的鹿慢慢踱过来
森林般的长角挑着巨大的红灯笼
当然了　父亲永远没有从黑暗后显现
那里究竟发生着什么无人解答
我向黑暗吹笛子弹竖琴全都没有用
我甚至摇响了我从上帝那里偷来的风铃
然而结果是黑暗越来越沉重了
它干脆向我地砌起了一道千年石墙

2009.11.24　17：20　阿空加瓜 5400 米二号营地

三

荒原中有一张残破的鹿皮
我猜想可能是父亲的外衣
他在冥想了三百年后起身而去
从此鹿皮就被风吹雨淋
因为没有妈妈为他打理生活
他极有可能随手扯下黑熊的皮
他以黑熊的模样捉鱼打猎
从不向历史回答任何哲学问题
他潜伏时会把石头捏得粉碎
他急驰时拔起整片森林
他把湖泊酿成酒
三百年后一饮而尽
他酒后拔出长剑连劈五座大山
他连睡百年不动声色
他也从不呼唤我的名字
他说他忘记了我的乳名
那时　他把一头野猪变成了我

2009.11.24　18：30　阿空加瓜 5400 米二号营地

四

最后　我决定在一块荒石上与父亲对饮
以确定我到底在哪个时代存在问题
我向荒石恭敬举杯先干为敬
然后又连喝了三百八十杯
我伸手揪下仙鹤的长羽起舞
我想让我的父亲开心以回答问题
我赶着一群野猪狂奔而来
为父亲送来下酒的浆果
我说这个时代实在不怎么样
一切已经被吃光霸尽
我在石头上慢慢地站起来发问
可是荒石上从来就没有父亲
我叫父亲我自己就答应
原来我本来就是我的父亲

2009.11.24　20：20　阿空加瓜5400米二号营地

鼓（四首）

一

我没有什么鼓可敲响
可是　这个世界里大家都有鼓
这是一个十分严肃的哲学问题
只有鼓才能解释不死亡的原因
仔细思考之后
我宣布我绝不拥有鼓
我无法把一个什么皮做的鼓天天敲响
以宣布我绝不会死亡
去它的死亡
它早已被乱七八糟的哲学杀死了
你只不过像只烂鸽子被一枪打下
然后急速腐烂臭不可闻
尤其是那种鼓
用婴儿皮肤缝制的鼓皮
只要你胆敢敲响

全世界的蛇都会疯狂

它们吃下石头粪便以及马的皮

目的是等待你变成枯尸

如果那只鼓再敲响一次

蛇们就会集体变成蚂蟥

吸吮所有的婴儿的血

啃光所有妈妈的乳房

你想想　我们该如何杀死所有的蛇与蚂蟥呢

这就是鼓潜在的巨大问题

还好我没有鼓

2009.11.29　18：05　门多萨机场

二

实际上　每只羚羊都有一只邪恶的鼓
它们召集蝗虫进行种族灭绝行动
即便你在脚下把它们踩得吱吱作响
它们命令蝗虫们先飞起来把太阳遮住
然后围困一大片一大片的荒原
你就无处可逃了
它们连你的痛苦呼喊都一点一点撕碎吃掉
同时　羚羊们一下一下地敲着鼓
没有谁能够来得及流泪
羚羊们早就把一切屠杀格式化了
你即便长着长长的双角也无用
因为它们有一种死字的鼓的密码
它们仔细地把敌人一一找出来
之后按照日子水葬坑葬或者石葬
在此刻　大批量的死亡是不值得记录的
蝗虫们替羚羊消灭了一切痕迹

羚羊们也在一个夜晚突然死去

它们邪恶的鼓都化作了荒石

2009.11.29　18：31　LA933 航班 C1 座（门多萨至圣地亚哥）

三

我背着一只巨鼓走着
却从来不敢敲响
我的爱人说她将在鼓响时死去
可是我的悲哀在于
放下了巨鼓我将化为灰烬
我在水里走　在冰层下潜行
不再回答任何关于高尚的问题
一个背鼓的人应该是世界的弃儿
没有权利对于存在问题进行解构
在一个祖国还没有死去的时候不应该爬行
也许此刻只应该与一只苍蝇对话
可是　当你发现爱人早被冰封在三千年前时
你的鼓也就再无法敲响了
走进冰层深处你静静地躺下来
与一条古老的鱼对视并且继续古老
鱼说　这是只屁鼓　根本不必在意

2009.11.29　18：36　LA933 航班 C1 座（门多萨至圣地亚哥）

四

由于我追问三千年以上的问题
一只毒蝎刺瞎我的双眼
它命令我看守一只没有鼓槌的鼓
偶尔它喂我吃剩的蛤蟆腿
可是我想知道三千年前我看到过什么
以及谁杀死过我我杀死过谁
一夜　我向老天狠狠抛入一根绳索
却拉回了母亲的一只耳环
它金光灿灿　叮咚作响
毒蝎认为那是它的定情之物
我想　这一切都是胡说八道
因为杀死一个祖国可不是那么容易
想了想　我在鼓皮上写下了一个故事
花开了　蝴蝶来了
一只鼓被一只蜜蜂敲响
毒蝎立刻变成了油炸食品

2009.11.29　19：52　圣地亚哥机场

阳光从宇宙深处射来

清晨　由于阳光从宇宙深处射来
我感到了一种深深的恐惧
因为我不知道我因此射杀过谁
以及谁将在一道光芒后射杀我
我以我残杀与被残杀的念头环顾世界
我想　我们是否应该向天空掷出冷箭
事实从来就是这样
我们一道走着
然后就突然被历史捉走
在那里某个英雄拿我们下酒
我们一边死去一边吃着
还好　我们也吃英雄的胳膊
当然还会把什么领袖啃个五肢不全
我们宁愿被杀死也不愿放弃吃下什么的机会
这就是我还愿意存在的理由
说实话
我从来就没有搞懂宇宙后面到底有些什么

在我们过于低下时是否应把一盏灯点亮
比如说砸破历史的玻璃
然而又不愿为破窗效应负责
在我们把母亲嫁出去时篡改岁月
此刻　我们杀死羊杀死牛以及杀死麻雀
也好　我们本来就穷得一无所有
杀不杀什么无关任何尊严
一个不识路的邮差走错百年
在一个新婚之夜送来了死讯

2009.11.29　20：52　圣地亚哥机场

苹果的蟑螂

我高高地向树上吐了口痰
结果一个苹果掉了下来
它红红的有点肥大
一落地就爬出一大群蟑螂
原来　蟑螂是长在树上的
这就是永远杀不尽它们的原因
它们一只只兴高采烈
而且青光闪闪
就在我走开时
所有的苹果一起落地
可想而知
这个世界满是蟑螂
它们根本不听话
把什么都吃得一干二净
我不能承认这是我的问题
我甚至愿意与蟑螂死战
但是　从此我不再信任苹果

它完美但善于欺诈

它一旦落地就千变万化

甚至假装腐烂

以便让虫子和蟑螂一群群集合

带着它们的种子去向远处

在那里它们占领荒原

结果世界上全是苹果树了

那么　蟑螂们就无处不在

这就是它们延续千年的原因

看看吧

这就是我痛恨苹果的根由

2009.11.29　23：59　AA940 航班 4C 座

蚂蚁（四首）

一

跟着一只蚂蚁我学习爬行
它用黑黑的眼睛洞察一切
它把爪子仔细地插入泥土
然后爬上任何高坡或者岩石
在草叶或者树木上
它用嘴咬住草叶的须或者树木的皮
从不管草叶或者树木的疼痛
它从高处向下撒尿时
强硬地把双须摇动不停
在击杀蜘蛛或者螳螂时它从不犹豫
一击必中绝不后退
它告诉我　这就是它的种族秘密
在冬天也不更换它的外套
阳光普照时它会去袭击鸟巢
或者咬烂兔子的脚

它似乎从不在乎什么法律体系
也从不与谁讨论道德与公正问题
它只是爬行击杀　潜伏以及上天入地
但是绝对不引起这个世界的过度关注
在一次风雨后
我看到它爬行在一段枯木上
它说无所谓
它已经在枯木皮缝中藏好珠宝玉器
那是在新的地盘重新起步的可靠保证
它向我挥手告别后
洪水向我袭来
可是　我怎么也找不到我的枯木

2009.11.29　5：19　AA940 航班 4C 座

二

蚂蚁也许有不同的群交能力
实际上　它们在荒原所向无敌
它们会让一只兔子恐惧至死
需要时就猎杀一只山羊举办宴席
它们慢慢爬行
即便是从高高的岩石上下来时
它们常常骑在蛇的背上四处来去
或者坐在蛤蟆的头顶游过河流
它们无所谓晒不晒太阳
这正是它们的奇特之处
它们死亡时各不相干
风一吹它们的尸体就不见踪迹
其实它们粘在叶子上去远方了
在那里它们变成小白卵又生了出来
对于一切秘密通道它们都嗤之以鼻
它们无所畏惧从来都是直来直去

它们并不需要在草根撒尿以做标记

三千年前它们已制作了详尽的世界地图

它们把世界视为一个巨大的洞穴

它们将各种生物储备为过冬的食物

它们根本无需看管谁

在一个巨大的洞穴里谁也无处可去

它们懒得吃谁时就长睡三百年

风雨雷电也不能将它们吵醒

可是它们命令我为它们站岗放哨

从此　我被铸在一根桌子腿上

2009.11.29　6：37　AA940 航班 4C 座

三

捻碎一只蚂蚁轻而易举
你向地上一弹
它还未到达地面便已粉身碎骨
这足以解你心头之恨
于是　我日夜展开捕杀行动
并且宣布与蚂蚁势不两立
我点燃一片片树木与荒山
我想　做什么事都要赶尽杀绝
在新的地盘上我开始放牧
养牛　喂猪以及培殖野兔
这可是过上好日子的历史机遇
蚂蚁　这个时代杀手从此绝迹
可是　一天落日之时风起云动
蚂蚁们骑乌鸦从天而降
它们甩着长鞭驱赶万物
它们以网天的网横扫一切
我想　这也许就是世界末日

蚂蚁实际上是一个时代的终结者

它们在繁荣的内部静止不动

它们善于吞食一棵大树的心脏

当一切终究荒凉之后

蚂蚁们就集体死去了

山石否认了这一切

只有一片叶子上记录着传奇故事

叶子随风飘

直到千年之后

2009.11.29　9：01　AA1525 航班 4E 座（达拉斯至洛杉矶）

四

太阳升起来时
一只蚂蚁在横渡一条大河
它总是在浪峰上爬着
河里的鱼始终捕捉着它
它仰望天空时一语不发
冷视着鱼时也毫不慌张
它捉住一根枯草为船
急速地在水面上蹿行
这是一种蚂蚁与鱼的对峙
就像一个泼妇与另一个泼妇的对峙
或者说像一个死亡者与另一个死亡者的对峙
天空暖起来了
河流开始平缓地流淌
鱼一口吞下了蚂蚁
当然也一口吞下了那根草棍

如此　鱼也就自然死去

与蚂蚁一起躺在了彼岸

2009.11.29　10：01　AA1525 航班 4E 座（达拉斯至洛杉矶）

骡子（五首）

一

黎明　也就是天快亮的时刻
我开始像一头骡子一样走动
这是因为前天我刚骑过它
那可是在阿根廷的山里
向着半黑的夜我伸出一只蹄子
还好　半明半暗中并没有一块石头或者一道沟坎
眼下正值后金融危机时代
一切都要谨慎
我踢踢初冬的湖冰
冰下面没有任何回应
看来此刻的世界真的有了问题
连疯子都低着头什么也不说
我不论想踢什么都虚无得踢不着了
这像什么话
一头骡子居然无所事事

那好吧　我就驮着黑暗走

好歹它还剩余一些

在光明来到之前

我总得干些什么

作为骡子我并没有勇气远去

甚至那薄薄的冰面我也绝对不碰

一切都是陷阱

不论是贫穷还是富贵

作为骡子的最后举动

只能是直立起来向空中乱蹦乱踢

最后静静地安定下来

等待着什么人踢过来

或者付钱骑着走

就这么回事

2009.12.2　3：41　长河湾

二

月光下　我观察一头骡子
它狡黠而又貌似忠厚
它抬起头其实也并没有仰望月亮
尽管月光照得它黑亮黑亮
它静静地走动一两下
蹄子甚至都不发出什么声音
我想　这是它懂得潜行的好处
否则　会惹来杀身之祸
实际上　我深深知道
它经历过太多的凶险与风霜
在它还没有变成白骨之前
它有着一双不停眨着的黑眼睛
你简直就别想使用到什么鞭子
它聪明到让你心里发毛
你骑着它刚想撒尿它就停了下来
并且装作什么也没有看见
在奔跑时它会装得有些忘情

以至于你的五脏六腑要拉出来或者吐出来
这时候你会请求它柔顺
它就仰着头以及尾巴慢下来
日子就变得平和及无忧
在告别的时候它一点儿也不激动
低着头随便吃着地上的什么
其实　那只是一堆烂石头
远去后你再一次回望
它还是低着头走来走去
就好像那堆烂石头中的烂石头

2009.12.2　4：49　长河湾

三

对于骡子太难评定了
以至于我根本搞不懂它到底来自天堂还是地狱
它从来不咬我　温顺得可疑
我向它的主人点钱时它装作与己无关
然而之后它却与主人偷偷交换了一下眼神
这就是当下的日子人与兽的问题了
它驮着我走时我就可以高高地看一切
连风都只会从后面吹来
这样　你的眼睛就不会再流泪
此时　你想着你的种种心事不必担心绊倒
骡子呢　东张西望地像是总能看到什么东西
我想　也许是石头后面有它的什么朋友
也许是它的什么仇敌
就这样　在一条长长的山路上你足可以把一生想遍
最后　你长叹一口气时骡子的大耳会耸动一下
它遥望着终点边走边拉出一堆堆粪便

2009.12.2　5：32　长河湾

四

很悲哀的是　一头骡子被紧紧拴在我的脑子里
它不言声地半闭着眼睛轻轻晃着耳朵
我驮着它走　常常在半夜迷路
此刻总有人骂我　你真像头骡子
这真的不是什么好消息
它真的让我跟这个时代从此格格不入
在你睁着眼时其实你什么也没有看
因为作为骡子肯定对当下的日子没有什么好印象
因为在脑子的深处
我无法使用任何鞭子
自然　我也无法为它装上华丽的鞍子
在我想让它从耳朵里出来的时候
它就不满地踢蹄子
这种问题实际上可以上升到哲学高度了
在你根本无法杀死一头骡子的困境下
也许干脆跳楼是最终的解决办法
可是　如果这个世界到处都是骡子

跳楼也就丧失了最根本的哲学意义

想象着骡子在我的脑海深处突然暴尸

我突然明白我可能本来就是一头骡子

2009.12.2　6：11　长河湾

五

一头骡子死去时很安静
它先是从高坡上失足滑下去
然后在山涧底部的石头堆上翻滚
之后它向天上蹬了几下蹄子就死了
世界上少了一头骡子
三个星期后它就只剩一堆白骨
其余的骡子们继续走来走去
为主人挣钱和换得自己的草料
我呢　将以这头骡子的白骨照片做封面
以出版我的新诗集
我认为这足以符合我的后现代创作方式
描写死亡也是我们当下诗人的责任
骡子未来得及告知死亡时的恐惧与痛苦
我努力去想象也丝毫无用
当然我不必负责因为并不是我谋害了骡子
骡子之死也上不了头条新闻
我只能回忆它如何跋山涉水

偶尔打一下响鼻喷出草料味

它死了　我只能再换一头骡子

自然　这个世界有的是骡子可换

2009.12.2　7：16　长河湾

画

一个阿根廷人要卖给我他的画作
可是　他的黑夜居然全部由彩色组成
从此　我总是在半夜观察一切黑暗
我的双眼一直能看透那种紫艳的黑色
我看见一种慢慢的红像雾飘忽不定
深蓝呢　黑不黑白不白地做着衬底
橘黄色像风一下子刮来又刮去了
我想　这可是黑夜的终极秘密
也许　这是一种可以出售的黑暗
当我把它挂在墙上时
我就再也不怕任何狗叫
可是　在黑夜中挂着一幅黑夜毕竟不是什么好事情
而且　买卖黑暗根本做不到正大光明
你组合任何色彩时实际上你在伤筋动骨
因为你解构了一种巨大的秘密
因此　我抱着一种黑夜不知所措了
就像抱着一块巨石不敢放下

你想想　当你突然变成一种秘密的看守者时

你就再也不敢睁眼和开口说话

那个阿根廷人笑了起来

他说　这只不过就是一幅吸了大麻后的画

我也突然释怀大笑

是的　去它的　不就是一幅画嘛

2009.12.4　4：59　长河湾

远去的时代

渐渐地　我离这个时代远去
比如说　我根本无法捉住一片叶子
它嫩绿时或者干枯落地时都是
我也无法看清夕阳在池塘的余晖是怎样变暗的
这可不是一个简单的时间和空间的结构问题
在我怒火上升时也无法诅咒时代和人们
无论如何我也只不过是一只麻雀的敌人
何况　我还学习过它的盗窃过程
在夜里我伸出一只手捕捉河流的尾巴时
河流却吸干了我的血液
它们后来就在月色下红暗地流
像一个时代鬼鬼祟祟地不见了踪影
叹气也没有用
这就是时代的特征和物理现象
当你坐在河面上不知所措地漂着时
你实际上已经离这个时代远去了

2009.12.11　8：09　CA983　4L 座

荒原（二首）

一

荒原　给予我一种可怕的记忆
风吹着时很快就四散安静
它只是悄悄潜伏在一块块巨石后
无名的鸟让人恐怖
它们在远处无声地飞
无论你在何处都监视着你
你坐下来时
就能听见地心深处的裂动
它低低地吼像刻意压着嗓门
此刻　你有一种无处可逃的困境
任何的白骨都是可疑而苍凉的
它们散乱得像一个个咒语
不知道谁诅咒了谁
或者是谁被谁诅咒
在确认了一匹骡子的枯骨后

我有一点忍不住想流泪
我知道
它走着走着就死了
缓缓倒下来的那种死亡
大家都赶来吞食它
鹰　蛇　狐狸以及什么鬼魂
我坚信是这些家伙干的
尽管我从来没有目睹
但我害怕的是如果我是在场者
我极有可能也分羹一杯
在荒原上我已经不敢确定我的正确身份
可是　在长夜无眠时
荒原却常常寂静得让人发疯
没有任何事物或者动物吭气
你不得不猜想
一场重大的阴谋正在形成
向荒原大喊也没有用
而且你的声音顷刻间消失
就像有一个人站在荒原上收走了你的灵魂
这可是一个人呀
尽管你无法判定他来自天堂还是地狱
你就不得不跟着他走

你回头看看
还是只有你一个人在荒原上走着
黎明时　你要小心了
那些石头们开始诡秘摇动
它们小声地互通信息
在霜或者冰雪的表皮下沉重叹气
这分明是一种对抗情绪
在荒原几千年了
谁没有一点野性呢
就在你无所谓地撒尿时
地上的洞口会突然一闪

关于是谁在那里
以及它是以什么为生
在荒原上都不重要
只是你一想到它在地心深处温暖自在
就只能不好意思地提拉上裤子拉链
是啊
在荒原上走着和温暖着是最重要的
即便是在暴风雪之中
那个时刻你带着放弃一切的无奈
那种渺小和无力让你感到彻底的羞辱

就在你忍住不骂一声狗屁时

你已经像一个投降者在荒原上躺了下来

后来呢　你回望荒原时无动于衷了

因为你已经知道你的死亡不过就那么回事

你会从此把一只残存的蹄铁装在背包中

这　也算是对荒原的一种复仇方式吧

2009.12.12　3：49　美国洛杉矶 Langham 酒店 626 房

二

你走在自己的荒原上时不必杀害谁
日出时你的影子忽左忽右地跟着你
但是当你的影子走在前面时你才会放心
至少　在荒原上你还能有你的影子
在高高的陡坡上你踢下一块旧石时
它会高高地飞起无声地坠入山水中
想象石头在寒流中痛苦抽搐
你绝不会再向那湍急的水面看看
在你怀疑你的影子跑远了时
你就又喊又挥手
你的影子呢　往往也在远处又喊又挥手
这一切你可不能从艾略特的《荒原》看到
也不能从几千年的历史中分辨出来
其实　从来都是我们的影子在走路
我们只是一个跟随者
每一次你知道你将到达终点时

另一个荒原又在你的面前出现
这就是荒原的影子
也就是说一种荒原现象
你躺下来在荒原上试着死去时
天空就变成了荒原的倒影
此时　谁也无法对一种丑陋的死再有兴趣
你只好站起来在荒原上找自己的影子
荒原上下雨时你骑着自己的影子走路
当然不管脸上流什么都不能认为是眼泪
乌云与阴暗与雨同时飘过来
在闪电劈裂巨石时你已变得冷漠
冷冷地想象荒原的尽头时你看穿了雨幕
雨幕后也有许多冷冷的身影冷冷地看你
你只能跺跺脚确定你的存在
还好　天空的边际正在微微亮起来
想一想　荒原其实并没有谋杀你
你就和影子一起走路　吹了一声口哨

2009.12.12　4：25　美国洛杉矶 Langham 酒店 626 房

黑鸟（三首）

一

在我远视冰山的时候
我看见一只黑鸟飞出飞进
它衔着一个个挣扎的灵魂
把他们关进冰山的底部
阳光照射时避开那里
风雪吹起时从上空绕过
我用刺痛的眼致以默哀
坐一万年冰牢足以让一个灵魂发疯
因而　在黑鸟向我飞来的时刻
我因痛苦而在山路上飞奔
黑鸟越过了我飞向了远方
它斜视了我　收紧了巨爪
可是我的灵魂却突然死去了
它像一堆牛粪散发着臭味

在我检视它的腐烂程度时

黑鸟在远方发出了一声怪叫

2010.5.11　15：57　珠峰大本营

二

天晴了　余雪尚未落在地上
黑鸟已开始翻晒它的灵魂们
有时它啄食一个作为点心
有时它把粪便拉在一个灵魂上
它用巨爪撕开冰川以便灵魂进出
它扇扇利翅灵魂们便放声嚎哭
在怪兽以巨石袭击灵魂时
黑鸟便飞起来撕碎怪兽喂食灵魂
在灵魂们打瞌睡之时
黑鸟向远方睁大了双眼
远方有一团黑雪在翻滚
无数支长矛在黑雪中晃动
黑鸟卧下来在坚冰上磨利巨喙
把红红的尖舌吐出了三百里远
在灵魂们醒来回到冰川下后
它尖利地向天地打了一声口哨

2010.5.11　16：59　珠峰大本营

三

黑鸟迷路了
一支巨箭射在它的脖子上
它愤怒地把一座座冰山踢碎
却再也找不见它的灵魂们
它向着太阳仰望时吐唾沫
它拔下羽毛刺向地心深处
它让自己的血淌入冰河
转眼它又把冰河喝干
它飞起来以阴影遮蔽天地
从此它再也无法降落
在白天它跟踪一头牦牛的踪迹
在长夜它从一片星光飞向另一片星光
千万只乌鸦飞翔在它的背后
它们将吃尽它的羽毛与血肉
在它们啄瞎了它的眼睛时
黑鸟坠落在山谷发出了痛苦的长鸣

2010.5.11　17：22　珠峰大本营

小兔子

致死亡者

论恐惧

致死亡者

在午夜，特别是凌晨时分感觉寂静，就是突然想到死亡的那种刺激与恐惧。

作为词语，死亡的意义既古老又神秘，以至忍不住要发问：死亡，是不是人类或者说宇宙最值得尊重的词汇？

杀死一个生命，往往短暂和偶然得只是一个“刹那”；但也有一种死，需要枯坟的骨或是挫骨扬灰的过程。

因此死亡必须受到敬仰，然后才能和死亡者一起被消灭：

被一个车轮消灭，被一种语言消灭，被一颗子弹消灭，被一个强权消灭，被一个基因消灭，被一个旱季消灭，被一个国家消灭，当然啦，还会被一枚金币消灭。

不死亡者都是旁观者，主要是预习自己未来旦夕间的死亡，就像树，互相观望着死，然后，一齐死去，犹如相互约定而又守诺如金地集体无意识地死。

死亡者最大的财富应该是无法得知死亡的时刻，以及那一时刻的快感或痛苦，就像一九八二年的“拉菲”，观赏的满足大于品尝的愿望。

在英格兰酒吧里彻夜酗酒，是对死亡者最卑鄙的蔑视。至少，在饮酒前应该向死亡者脱帽行礼。

穿着艳丽的衣裳在长街行走，一定要记住为死亡者侧身让道，以便让死亡一词的结构不必被再次解构。

在肉欲的狂欢后最好肃立片刻，重新温习一遍关于死亡的记忆或者痛苦，好让死亡者知道，我们，其实并不是一群乱伦的犯人。

被谋杀的语言，我们都在不知所措地使用着，并且继续参与着谋杀的过程，并且企图通过语言的谋杀来合理合法地谋杀他人。

小狗和鸽子的死亡，开始引起我们的惊讶与同情，其实，这是我们旁观后的非正常情绪。

如果一次大规模的死亡开始按顺序进行，我们应该尽快先屠杀所有的语句，再尽可能地储存好杜蕾斯牌的避孕工具。

必须对形形色色假构的语言进行毫不留情的种族清洗，因为它们极为恶劣地忽视死亡者的年序，更主要地，因此成为谋杀者的麻醉剂。

回避死亡者的音容是一种世世代代的可耻，你会因此无法辨认死亡者的最后去向和踪影，而这才是谋杀者真正的目的。

用一个死亡者去屠宰另一个死亡者也是不能原谅的，就如同用一种语言去覆盖另一种语言，是一种触犯天条的暴行！

死亡者可以是一棵胡杨，死而复死地在塔克拉玛干沙漠中倔强；也可以是一条曾经的河，死后在地图上变成一条直线。

但也可以是一只老死的泥蛙，并不幸灾乐祸地诅咒与绝唱。

建筑，是死亡者的盒子，或者说，是被死亡者设计建造、供死亡和死亡者享受的通用平台。

想一想吧，设计并建造一种死亡是何等的神圣和高尚。

有的人只是死亡者，有的人是死亡者的死亡者，有的人是死亡者的死亡者的死亡者。

最好的死亡者，是那种不必疯狂而直接死亡的死亡者，或者反过来，是那种死后也仍然疯狂的死亡者。

当然了，也包括那些贪欲了死亡者的死亡者。

作为死亡者的旁观者的死亡者，自然会先把死亡的语序一刀杀死，然后，分成“天堂”和“地狱”两类语词继续死亡的注解。

最可怕的是旁观者突然删除所有关于死亡的正面词汇，这将使死亡者的灵魂变得无助而无奈，于是死亡就失去了让人仰慕的尊严与光芒。

多么卑鄙无耻的旁观者！

清晨，来不及拉开的窗帘裂开一条缝，像一种宽容，让阳光以旁观者或谋杀者的身份来到我的床上，然后开始它神圣的谋杀——

或死亡。

2006.6.5　5:10　洛杉矶瑞茨宾馆 301 房

论恐惧

我害怕，最后一缕阳光像蛇一样无声无色消失时，我，又得孤单地思想。

一种恐惧的欲望升起来，如流浪的野狗不可遏止地想当街交配。

去找到一个什么人，还是去躲避一个什么人，只是想说明：并不是所有的人都像野狗一样——

我恐惧，在二十一世纪的某个黄昏。想疯狂嚎叫，却跌进了无垠的寂静。这寂静如同从海底向上浮起，无比柔软而又无比锐利。

也许，这是一种死与生的双向映证？

当然了，我看见山一座座在死亡，河一条条在死亡，城一片片在死亡。

还有我的樱桃在一粒粒死亡，就像人的死亡，被依序或者无序地一个个敲落在地上。

而恐惧就在其中蔓延流淌。

当一个盲者平静地敲打大地时，我是应该变得更加坚定，还是更加荒唐？

最好能有一个亲密的人，或一个心爱的人，端来一杯致命的猩红，以哲学的方式发问：是否需要一个堕落的世纪堕落，需要一个肉欲的尘世肉欲?

我的爱人，来谋杀我时不必恐惧，因为我仅仅是一种菌类，并且是经常被狗尿浸泡的那种——

仅仅因为恐惧臊臭，于是每一个角落都被狗尿浇透，而人们也乐于互致狗尿的问候，并彼此倾诉，说恐惧的真正含义是：我有可能杀害。

那么来吧，我的爱人！来杀害我的城市、我的乡村、我的婴儿、我的诗歌、我的过去，最终杀害我自身！

在一个过于繁荣的世纪，杀害也有繁荣的变种，以致一只鸟的坠落，就足以杀害整整一个种群。

以至深夜将尽时，一个人因为恐惧而打开了恐惧之门，就再也不知道怎样把它关闭。

那么，就让我们共同来恐惧，共同完成杀害和被杀害的过程。

哪怕仅仅是利用一种思想去杀害另一种思想，利用一个爱人去杀害另一个爱人，利用一种语言去杀害另一种语言，利用一种恐惧去杀害另一种恐惧！

——这才是恐惧最底层的缘由。

也许，那些鸟无所谓恐惧，因为它们能够约定在某个季节某个时辰一起出生，就像菜市场的烂萝卜，一箩筐一箩筐地突然冲破云层。

更了不起的是，它们还会约定一种大面积的集体死亡，镇定得足以让一切恐惧都恐惧得手足无措。

至于蚯蚓，它们早就学会了十分缓慢地蠕动，在地表与深土之间的那个阶层求生。

它们的恐惧很难研究，主要是生存的成本过于低廉，不足以引入恐惧的基因。

以语言杀害一首诗不足以引起恐惧，但是，以母语的名义去杀害一群诗或整群诗时，就足以触发大面积的恐惧，并引发新的杀害者的杀害冲动。

开始是因为恐惧而杀害，后来是因为杀害而恐惧。

被杀害在一个城市，与被杀害在另一个城市相比，并不具有更多的恐惧成分。

如果想证明一种杀害比另一种杀害更不公正，就必须去研究一种恐惧比另一种恐惧更令人恐惧的原因。

如果一种艺术必须通过杀害而得以延存，就无需费心去探讨杀害和恐惧是怎样互为作用的过程。

一个哥们儿在灯下长夜独醉，可以被认为是恐惧与杀害的一个基本表征；

一个诗人像螳螂一样与语言交配，然后又被语言侵害，同样可以被认为是恐惧与杀害的一个基本表征；

一个法官像种羊一样任意意淫，并且不在乎方式与过程，更可以被认为是恐惧与杀害的一个基本表征。

我被意淫，因而被杀害，被恐惧，于是，我理所当然地应该变成一条双头的响尾蛇：

杀害与被杀害，恐惧与被恐惧，存在与被存在，虚无与被虚无，肉欲与被肉欲，伪善与被伪善——

嚎叫与被嚎叫。

2006.6.10　CA984 航班 4A 座

第九夜

马篇——关于一匹马的性感经历及其道德困境（两首）

猫篇——关于一只猫的初夜故事与死亡传奇（两首）

马篇——关于一匹马的性感经历及其道德困境（两首）

夜　前

我，终于不得不承认，我，其实就是一种马的变种或者是异形

以至于在二十一世纪的灿烂年代，我突然成为一种处于游离天界地狱的特殊物种

以至于在全球化物欲的时代前沿，我不得不以九夜的长度和方式解释我的性感经历及其道德困境

比如说，我的贪婪具有动物的本性与恶心，对性欲的渴望与使用达到了为所欲为、无所不及的下流水平

比如说，我的性欲足以掩盖我的所有文明特征，因此，你根本无法用任何词语来阐释一个地球上盖满了高楼的时代的性交配行动

我呢，是从一个阴谋的层次上来到等于堕落或者说是等于不高尚的情景

随你们怎么想，我已经不再想和任何物种包括人种对话和交锋

必须申明，是我自愿放弃或者是遗弃了作为一个现代化时代的人的基因或者是文明

开始的堕落，是因为害怕和躲避高尚的沉重，因此，拼命地往下沉沦与低贱，以求尽早和彻底摆脱高尚的压抑与阴影

享受一种堕落的过程，就好比一个人在每天的清晨，面对着镜子与自己对骂，然而，谁也无心和无胆将镜子彻底粉碎

性欲，是堕落的起因和发育过程，是足以让一个人种，例如我，在任何情况下突然变得无足轻重或者说是生死不明

只有马的变种和异形，才有可能向二十一世纪预约或者进一步说是订购性欲的发生和完成
所以，因为我已经不是我了，我自然品味到性欲的快感和高潮，并且，为此激动和自豪万分
并且，为此我可以并主动放弃一切作为人种的权利和自尊，以便达到醉生梦死、肉欲天下的顶级水平

谁也不能和不许因此耻笑或者蔑视，这已经是无法以哲学或者是后现代化说辞来定义的思想者顶峰

就恰如一旦打通了所有语言之间的关口和阀门之后，高尚与卑鄙就如一个池塘里的荷藕！息息相通，依依相偎

由此说来，放纵，是一种冠盖或者深藏于文明或者是高尚与低下之中的高层次文明或者是高层次高尚与低下的终极标准

我可以佐证，当一张张金币最终成为床上或者是发廊的占有与被占有、购买与被购买、交易与被交易、高潮与被高潮的性交证明时，我的贪婪与低下，就不至于过于显得贪婪与低下了

这是什么呢，是否可以以文明的名义解释为现代化时代的物种的双修行为，以打通一条天路，好让男男女女们以向往天堂的名义放纵

是否可以以哲学的名义解释为现代化时代的物种的升华形式，以完成人的概念与定义，好让男男女女们以叛逆的借口享受

是否可以以经济学的名义解释为现代化时代的物种的生存规则，以体现市场经济的致命活力，好让男男女女们以繁荣的角度使用

是否可以以社会学的名义解释为现代化的物种的公地现象，以论证财富的辉煌程度，物种以集体沉沦的方式向生命的高级阶段转型

作为上述一切的结晶与逆种，堕落就可以看成是我对自己的宽容，也可以延伸为对他人或者是变种和异形之前的马的由此相关的一切物种的宽容与容忍

因此，长夜，你将来临，我一定要穿透你的黑色与肉腥，完成一匹马的变种和异形的无耻之旅

在此，一杯咖啡的温度足以作为一种性欲、情欲和肉欲泛滥程度的试纸，以鉴定我将在九个夜晚诉说的不同困惑与痛苦

谁来听听呢，无所谓

也许你真正是一个正人君子、美德绅士，或者说是金赛、颜回

统统无所谓，可以是一棵树、一匹马、一个人、一只猫、一片羊肉，统统都无所谓　最重要的是在第九夜，你，也许是那个最致命的终结者、杀手

2007.12.18　4：15　碧水

第一夜　马之悲伤

在被变种和异形之后，通常，我的赤裸与无耻就可以自如得如同一个被情欲催情的荡妇一样

因此而得到的实惠和解放是不可言传的

比如，可以尽情向一个时代的内部深处张望而不必有任何责任与恐慌

并且，还可以将因此而掌握的秘密和丑闻无拘无束地与他者的物种在任何层次上分享

我情愿在第一夜就直接堕落到最深层，直接变种或异形为一个时代的最坏的、最危险和最无用的基因

说到此，不论你是谁，请端起一杯不会被催情的咖啡，以证明你并不是也永远不会是我的同类或者是与我一样的马的变种和异形

接下来，我要悲伤了，因为我已经最先穿透了二十一世纪的秘密通道，并因此变得无足轻重和无法形容

你看，在你或者你的影子品味你那杯并不会被催情的咖啡的时光里，我其实已经把你和你的影子彻底地奸淫和被你和你的影子彻底地奸淫了一遍

因为你并不知道的是，在作为马的变种和异形的意义上，奸淫者和被奸淫者是无处不在的

例如：
可以奸淫一棵树或者被一棵树奸淫
可以奸淫一种哲学或者被一种哲学奸淫
可以奸淫一首诗或者被一首诗奸淫
可以奸淫一个口号或者被一个口号奸淫
可以奸淫一缕月光或者被一缕月光奸淫
可以奸淫一夜高潮或者被一夜高潮奸淫
可以奸淫一张百元大钞或者被一张百元大钞奸淫
可以奸淫一只酒杯或者被一只酒杯奸淫
可以奸淫一次蔑视或者被一次蔑视奸淫
可以奸淫一种死亡或者被一种死亡奸淫
可以奸淫一个时代或者被一个时代奸淫
可以奸淫一生的奸淫或者被一生的奸淫奸淫
当然了，还可以奸淫星巴克氤氲的咖啡香味或者被星巴克氤氲的

咖啡香味奸淫

我必须讲清，我们并不能因此推断一个时代的繁荣，源于上述的奸淫与被奸淫的过程

就如我也必须讲清的一样，你应该通过我的伪装程度，来观察和判断我的交配对象、交配程度、交配程序、交配时间和交配地点，以便为我在一个时代或者说是二十一世纪的身份地位准确定位

听者、读者和奸淫者们，请以你们尊贵的忍耐与好奇来交换我的难以启齿的个人秘诀

说不定你们因此可以悟出避免阳痿和使用伟哥的最佳途径，以便致使一个物种和种群同时陷入一种亢奋和发情

问题是，出现在今夜的悲伤，出现在今夜普遍高涨的情欲中，我被置于一种向下的或者说不得不向上仰望的情欲现象

我知道我早已被完成作为马的变种和异形，并因此已解决了阶级地位的认定和编号

但我那高涨的情欲冲动生成的向上的跨界行为和主张被判定为一个时代的秩序破坏者，因而，面临着被世纪禁闭和阉割的麻烦

这就是我要悲伤的原因和借口，同时，也是我坚拒了我一切的爱

人和被占有者之后的原因和借口

我们来设想一下，在一个繁华和激情的时代，一匹需要跨界的马的变种和异形在偷食禁果之前就被判定为必须剔除者，就像被精心挑选出来剥夺致孕权利的绝大多数精子一样

这样的结果是，我不得不浪迹在上一层欲望的外围和边缘，就像今夜，我一直不知道该怎样出发，去完成我久久向往和设想的亢奋和永无新意的占有和被占有、享用和被享用的行为

从这样的局面看，我自己很清楚了，我已经是一个堕落者

而且，随着我的占有能力和权力的层次延伸，我的堕落亦就越深刻

最致命和最麻烦的是，我突然从我的低下和卑鄙发现，其实在作为一匹马的变种和异形之前，我已经被一个世纪和时代深深污染，带有基因层面的不良和多种缺陷

比如说，我无法克制对财富的贪婪和夺取，我知道，我不能在一个财富的全球化时代一贫如洗

那会是什么呢？只有在今夜，我才能如此坦率地告诉你或者你们

大家，那就是：

你一旦被作为最底层的种类，你基本上被从精神上忽视或者干脆是消灭

标志是你根本无法被接纳为占有和被占有的游戏者

甚至，连旁观者也不是

就像我曾经作为人的一种底层现象，被一种社会和人类轻而易举地划定在物种和生物的边界

那种在无望中自虐的情欲痛苦和悲伤是无法言传和诉说的

你或者是你们，也就是说，作为马的变种和异形之外的你或者是你们，已经可以很安全地在一个新的时代了

因为，你或者是你们，已经比我作为一匹马的变种和异形，提前顺利地完成了向最深层堕落的过程

你或者是你们，已经分享了二十一世纪的占有和辉煌

你或者是你们，已经完成了全球化意义上的占有和被占有、享用和被享用

你或者是你们，已经不能被控诉和剔除，因为你或者是你们，已

经占据了控诉和剔除的有利位置

就如关于碳排量的交易和规则一样，你或者是你们，已经掌握了情欲或者是性欲的交易和规划的制定权利

那么，在这种情况下，我们今夜是不是具有浓郁的可疑及悲伤色泽呢

想想吧，我也就是一匹马的变种和异形
想想吧，我根本毫无能力反抗一个规则清晰的时代和物种
想想吧，我甚至毫无念头去反抗一个规则清晰的时代和物种
想想吧，谁会情愿被简易和粗暴地剔除和弃置于一个繁荣时代的情欲和性欲的占有和被占有、享用和被享用之外呢

马啊，在变种和异形之后，实际上已经无法再回到一种高尚、优雅和自尊、坦诚的物种行列了

那么，在时代的和全球化的意义上，或者说是在物种的和情欲的意义上，我或者说是我们，基本上属于可以被忽视或者说是被剔除的因素

无法指望一个时代的基因突变，也就是说一个时代的情欲染色体

出现结构上的颠覆，那么，作为一匹马的变种和异形，就必须深刻理解和适应在一个时代或者是阶层向下堕落的物种意义

例如：就在今夜，开始一种往下的和往内的情欲或者是性欲的考证

一方面，检验自己的低贱程度和卑鄙成分，以便说明一个全球化时代的复杂原因

一方面，完成一个最繁荣时代来临时在最深层潜伏的使命，以便证明一个全球化时代的病变过程

因此，你或者你们，我最尊贵和可敬的观察者和裁判者，请允许我谦卑地向你或者是你们来一下飞吻

至少，我的夜是我的

因为，我或者是我们更深远和更明智地了解和适应了变坏变丑变卑鄙变低贱变虚伪变贪婪变变态变狠恶的进程

必须指明，这是一种向后或者向下或者向内的物种进化过程，是丛林法则或者是所谓的新丛林法则的后丛林法则或者是后新丛林法则现象

算了，回到刚才的话题，就是说，谈谈作为一匹马的变种和异形，

我的第一夜的情欲和性欲的谋划或者说是满足情形

我坦白，首先，因为已经放弃了道德和高尚以及自尊和理智的标准，我自然有着我的情欲和性欲对象和同谋

我们的交换是在最无需设防的道德底层完成的，所以，任何毫无顾忌的叫床和疯狂都像一个物种在死亡之前夜的表征和现象

比如，我或者我们，决不会观察和模仿两棵树之间的交配和繁殖现象

主要是我或者是我们已经需要和推崇在物质之后的肉欲享受和对所谓的精神、文明、文化和道德以至于爱情的鄙视及放弃

简单地说，我或者我们深知一个时代的最新秘密，那就是所有的金币和权力都可以任意交配为一个物种最低下的情欲和性欲的占有和被占有、享用和被享用的物品

这就是我的夜，一匹马的变种和异形的第一夜，毫无廉耻、毫无障碍、毫无顾忌、毫无道德

敬爱的你或者是你们，请不要对我的毫无救药嗤之以鼻

我比任何物种，或者是我和我们，或者是你和你们，都渴望来到一个新的世纪和时代！

我早已烦透了仅仅是一匹马的变种和异形，并因此而仅仅是一个时代的中产阶级以上的物种的观察对象，来完成被虐或者自虐的情欲和性欲游戏程序

这一切其实与我以外的我们或者是与你在内的你们毫无关联

我的自觉与自愿是一种物种变异或者说是病变现象，甚至根本不分什么欧洲、北美洲、亚洲及非洲之类的五大洲、七大洋区域

我最宏大和最哲学的目标是成为一种病变和异形的标本，从而在永存的含义上超越那种福柯、萨特现象

或者说，超越海德格尔和哈耶克现象
或者说，超越艾略特和金斯堡现象
或者说，超越布什和陈水扁现象
或者说，超越哈姆雷特和瓦格纳现象
或者说，超越俄狄浦斯和凯鲁亚克现象

死亡啊，这第一夜的至尊现象

悲伤啊，这第一夜的歇斯底里般的叫床

敬爱的你或者是你们，请端起足以挑起你或者你们的情欲和性欲的咖啡，在品尝之后完成一种时代的交配幻象，以便在我或者是我们，在一匹马的变种和异形第一夜之后的第二夜进入到更深层次的观察和堕落情节

2007.12.26（美国时间）6：42

洛杉矶新港家中

猫篇——关于一只猫的初夜故事与死亡传奇（两首）

夜　前

目前，我的渴望是隐身于一个二十一世纪的角落
以猫咪的幻象生存得又简洁、又不夸张
对于情欲的杂念要认真对待并施以仔细的剔除
以便从精神的高度凸显出一种雅致与高尚
即便是在街头或者是巷尾都决不能简单交配
猫是猫，人是人
大家都要成为一个繁华年代的好猫好人
比如，决不能以一种艳诗的态度去放纵自己的性欲冲动
要主张在二十一世纪还是有情有义、有时爱得很深
比如，对一只你深深爱上并且许多情欲之徒也暗中惦记的小花猫、小女猫要加以关注并进行情感指导
决不能以公猫杂种的念头在第一时间诱拐并且在之后遗弃
我知道，对于二十一世纪来说，我也只不过是以一只猫的幻象方式无足轻重地朝九晚五

没人把你当回事

也没猫把你当回事

你忙着偷食、忙着偷情、忙着交配，忙着，忙着

你瞧，你还会迷恋上一只可爱无比的小花猫、小女猫

小花猫呀，小女猫

这灯红酒绿的街头街尾布满陷阱和阴谋

我也坑害过，也捕猎过，也属于坏猫坏人

在最无所事事、无聊之极并因此对任何下流生活都丧失兴趣和无所追求之后，我深深迷恋上一只小花猫、小女猫

猫呢，你多情、寡信、孤独、奸邪，善于在黑暗中生存

除此，谄媚、杂交、残忍，适应极高贵和极低下的环境

尤其是我这种通体幽黑的、伤痕累累的、老奸巨猾的猫精更善于在一个新世纪中自如从容

于是，我爱上了你

这是一种可怕而又迷人的传说

是一种猫之后的情感故事

大家都知道，在当下的日子怎么也混得过去

但想护佑一只被爱上的小花猫，尤其是小女猫是多么的不可思议

就好像一个色情之徒发誓要改邪归正去保护一个处女

你们想想，这该是多么的复杂和不易

以猫的世界来说，我们都可以向往做高官贵人的宠物，这就首先失去了独立性

以人的社会来说，我们又都是可随意杂交的动物，这就必然失去了珍贵性

你想，一只小花猫、小女猫会多么的容易失去处女之身

我承认，我深深地向往和迷恋处女之身

当然了，我必须讲明，是猫的，那种小花猫的、小女猫的处女之身

我害怕失去处女之身的那种雌猫的粗俗之蛮横

害怕她们尖牙利爪地发泄被破处的世纪仇恨

我是我，并不想招惹任何猫或者任何人

我不想在如此不易的世道中陷入困境

我不想被任何一只雌猫收养为第一百零一个情人

这是猫的问题因而也就是我的问题

这是猫的情欲因而也就是我的情欲

你去想想，

当你在清晨沐浴之后擦拭自己的阳具时

一只情欲横流的雌猫从镜子中对你上下打量，仔细分析扑身而上的时机时

你会不会恐惧得发疯

只有猫才会舔抚自己的肛门和性器官

所以，我自然具有种种不堪入目的举动

所以，我必须时时提醒自己压抑住捕食美色的冲动

以免显得过于低下而被关注

做人做事都需要本分

做猫做狗都需要各安天命

因此，我的小花猫，你只能依偎在我的怀中

下雨了，刮风了，人们打仗了

狗疯了，马跑了，老鼠喝醉了

你只能依偎在我的怀中

仰望我，依恋我，轻吻我，温暖我，耳语我，抚慰我，倾听我，性欲我，撕扯我，迷乱我

要知道

在福柯之后，谁还能依恋

在二十一世纪之后，谁还能温暖

猫不过就是猫

世界不过就是世界

以一百种设想也不能让猫飞翔

飞翔的猫也无法让世界变样

猫展歌喉、猫舞蝶影、猫行月下、猫戏残花、猫犹自怜、猫依床头、猫弄怀抱、猫弄桃红，就这样，我已经为一只小花猫、小女猫痴

情痴想

既然身为猫
我们就都是加害者
既然如此，我就该不允许我的小花猫、小女猫再被加害

比如说，不能被诱拐
作为世纪的性奴而被侮辱和被损害
不能被霸占
作为贪官的二奶而被深藏于豪宅大院
不能被交换
作为社会的损耗品而被一次次减值快递
不能被群交
作为换妻俱乐部的附属品而被性游戏
不能被挂牌
作为性交易超市的货物而被挑选
不能被破处
作为市场经济的稀缺资源而被竞价获得

在上述条件下，不能指责我过于苛刻
你想，不能成为贪官又多少有点情怀

我总得为一个时代保留点什么

总不能像大家一样简单地等待与机器人做爱
或者，以网购的形式与亿万个人或亿万只猫共享高潮的到来
总得有个人或者说有只猫在某个时刻向某个时代背一下身吧
以便或多或少地有点浪漫可言

算了，我也只是一只猫
并且，毫不清白
可是，毕竟我已经恋爱
尽管这值得羞愧和不足挂齿
而且，这只小花猫、小女猫如此纯情可爱
足以让所有的大雌猫、老雌猫、大公猫、老公猫逊色得如一堆粪便
这就是一种关于猫的传奇
或者比喻成一种关于猫的做爱的前戏
我们都必须为此肃然起敬
并且，致以世纪的大礼
不论你是以猫还是以人的幻象存在并因此做爱
都必须在第九夜之后才能看到关于失身的结论与后果
这就是猫，猫就是如此
好吧

请大家和你先系好裤带

在九个夜晚满足所有的情欲与幻想

开始了

2008.1.1　4：16　美国 Newport Beach

第七夜　猫之猫

这是一个无法激昂和和风细雨的第七夜

人与马、猫与人、马与人和猫都有点陷于世纪的痉挛症

算了，出于对马的鄙视与尊敬，我作为一只老雄猫，并不准备再多议论马们

那是一些门外的、院外的、城外的马，并不能代表和了解这个世纪内部的隐私以及生存核心

对于人呢，我也懒得多提

虽然，在门内外、院内外、城内外他们无处不在，但是，这并不是一个简单的世纪，因而，我们没有必要对人过早地做出结论

你看，一个人悲伤了，他就会在某个时刻突然远离或者藏匿于人群

他会说，上帝已经死了，我将以比烂的方式生存

因为没有了上帝，高尚和道德就无足轻重

我呢，作为一群猫里的一个并未有所特殊的一种，我必须以我的经历和现在的行为解释我对于一个种群的责任和悔恨

比如说，每当我回望那个过去的二十世纪，我的心就不停地揪紧

那种文明的成长方式让我不知该如何形容，我只是觉得，我是那

种成长的后果，甚至是一个逆种

我们的种群前所未有地壮大得富足泛滥，我们的生存富足得有点令人吃惊

然而，我们也并不曾因此而文雅、高尚得令人尊敬

你看，我们的自虐与屠杀、富足与贫困，也并不曾被我们主动停止执行

我们屠杀过生命，并以此作为生命的新生

我们屠杀过森林，并以此作为森林的更新

我们屠杀过文明，并以此作为文明的文明

我们屠杀过哲学，并以此作为哲学的哲学

我们屠杀过上帝，并以此作为上帝的上帝

我们屠杀过女人，并以此作为女人的女人

我们屠杀过婴儿，并以此作为婴儿的婴儿

我们屠杀过我们，并因此作为我们的我们

我们屠杀过爱情，并因此作为爱情的爱情

我们屠杀过能够被屠杀的一切，并以此作为能够被一切的一切

你看看，这就是我

这就是我们

我一点也不想知道老鼠与鱼是怎样看待和议论我和我们

那又怎么样，我又并不因此想与他们通奸或者订立地狱同盟

虽然，我们必须仰视马和仰视人，但老鼠和鱼必须仰视我们

我知道，人有人的屠杀，马有马的屠杀，老鼠与鱼因而也有老鼠

与鱼的屠杀，我们猫呢，则伺机背叛与屠杀人和马，并无情屠杀老鼠与鱼

既然大家都是不干净的，我们可以姑且认为，那个世纪的底部一点也不干净

这么说吧，我是对我的小花猫、小女猫和由此代表的一个猫的种群、猫们有着引起致命病变的基因作用

作为雄猫，不论是老雄猫、大雄猫还是小雄猫，我们都垂涎于小花猫、小女猫的初夜与纯情

我们会因此杀戮一只老鼠或者一条鱼，或者从一对正在交配的人们的床头偷走巧克力点心，以向我们的小花猫、小女猫献媚

我们并不因此考虑道德责任

因为，我们以为别的猫或者一个猫的种群应该承担起这种责任或者正在承担或者已经承担

我呢，更是认为：大家都在干坏事，并且在人和马面前，在光天化日之下，在一个猫的种群面前一本正经

我为什么要放弃呢，那种杀戮与被杀戮、加害与被加害、偷情与被偷情、奸淫与被奸淫、低下与被低下的快感和自虐使我着迷和有所收获，为什么要我放弃呢

为什么不是一个种群放弃

所以我亲爱的心疼的初夜的小花猫、小女猫呀，你必须因此明白，我并不是我们猫中最臭不可闻的那个类型

此刻，我一定要提醒：我的小花猫、小女猫，你必须保持清醒，尽

管凌晨将近，我的第七夜将近

回望过去的日子，我常常感慨万分并心情沉重

展望未来，我又异常兴奋而夜不能寐

我的初夜应该归入一个种群的初夜，为此，我们必须时刻上好二十一世纪的闹铃

我想，我不应该因此过于低下和过于惭愧

我应该追求一个种群的基因病变责任，先是我，然后是一个种群，然后又是我

我应该为此而解脱吗，继续我的初夜之旅，那种自古神圣的初夜之旅，那种争夺了千百年的初夜之旅

我应该为此而犹豫吗，中止我的初夜之旅，那种生命史上的一次性事件，那种市场经济中的稀缺性资源

我们以命运得到她

我们以金钱得到她

我们以贪腐得到她

我们以诗歌得到她

我们以战争得到她

我们以武器得到她

我们以过去得到她

我们以未来得到她

我们以丈夫得到她

我们以情人得到她

我们以诱拐得到她

我们以她得到了她

这是我的心为之很痛很痛的种种原因
这就是堕落和低下的魅力与力量
这就是我与高尚与道德叫板对阵的核心所在与精神支柱

天啊，我心疼的心爱的心上的小花猫、小女猫，我，此刻又激昂地体会到了你那滑润而又白嫩的小小腰肢的手感和芳香了

我就是把你从一个种群之中精挑细选出来的，以证明我的实力与地位，当然了，还有那种堕落成性、淫荡无比的一举一动、举手投足以及敢作敢为

对吗，我迷乱了你，以情欲的方式拥抚着你，共同遥望一个猫的种群，然后说：

看哪，那是一群群已经醉生梦死的猫们，那是即将远离我和你，也就是我们，向性交易超市，向性交易中的KTV、商务会馆、洗脚搓背的柜台蜂拥而至的猫们

自然，不能忘了，还有那些在发廊的帘后、在高速公路旁的旅馆小屋、在高架桥下的草丛、在大众化汽车的后座、在春节将至急于回家的车站厕所打炮的和被打炮的猫们

那是谁呢，那是我之外的一个种群，他们异化了我，我又异化了他们

我知道，我根本无法指责一个种群，因为，我是自愿地加入了一种群体堕落、集体狂欢的过程

我也不想去唤醒一个种群，压根就不想唤醒已经沉溺于淫荡的快感之中的一个种群

我的出路在于，以初夜的方式堕落得更快更深，一次获得更多的初夜权力和便利

我知道，除了我，这个世纪的光明所在，也深知繁华与繁荣必将更加兴盛

我的种群呢，也就是指猫们，会因此而繁衍得更加生生不息、种族昌盛

我也会乐在其中

关于人呀、马的堕落与低下，我并不想有所评论，也不愿意因此承担什么责任

关于人呀，马呀与猫们之间跨界奸淫的可能性趋势我也不想指证，我只是因此表明：

我并不是把什么写给人、写给马、写给猫、写给我、写给我们、写给你们、写给他们、写给大家、写给二十世纪、写给当下的二十一世纪

我只是想做点什么、说点什么、写点什么，以平息我初夜前的过度兴奋

我只是想向二十二世纪说：新的世纪呀，不管你存在不存在、高尚

不高尚、堕落不堕落、奸淫不奸淫、初夜不初夜、富足不富足、贫穷不贫穷、文明不文明、人不人、马不马、猫不猫的什么的，你都应该告诉我你关于二十一世纪的一只猫的看法和结论

我，一只堂而皇之的老雄猫，是怎样以初夜的方式，完成一个世纪的对小花猫、小女猫的占有行为

2008.1.11　7：06　北京碧水

死亡·意象（三十一首）

一

一切都死了　即便是时间　哲学　命运以及历史
当故乡仅仅成为了一座荒坟之后　草和骆驼变成了杀马者
我呢　成为了一个往下走的人　身披黑夜斗篷及心怀恶意
天空深处打着鼓　却没有马或鸽子急急飞来
死让我们伟大了　即使我们常常只是像一片叶子
即便是这样　也不必疑虑以什么方式落下来或以多长时间腐烂
此刻　你只需要向着太阳翻过身去　不需要声响也不需要激动
此时　你只需要手持黑色的剑挥向宇宙的另一边或是黑暗深处
无边无量的死让我们从心底深处感到了无足轻重
历史如一匹野蛮的马疾驰而去又罔顾一切而惊心动魄
我们都因此是生还者　死亡者　或者是杀生者以及是谋害的人
我们如野性的马打着响鼻因而鄙视一切
死　让我们崇高了　即便是我们曾经卑鄙
我们藏起金色的手铐在岁月的密林中潜行捕食一切
在思想的墓穴中我们并没有因而高大或者微不足道

我们只是死　让我们因此获得一块墓碑或者一个二十一世纪的地标
想一想　向失群的雁打一声响指并举起一杯酒
红颜向我致以微笑并在我的来路款步而行
作为一个数叶子的人　我不习惯于想象历史
当杀马者穿越隐秘小径之后　我也不习惯会有马兰花开
夜鸟如一匹骆驼　隐没于草丛　波涛之下
那种日子轻易就为灰蛇蜕去第三十六层皮
在叶子下抖动　不形于色让某种痛苦无足轻重

2012.10.23　20：06　北京昆仑饭店溪谷村日本料理

二

在思想的深处我们都是死亡者　因为我们都诅咒过上帝
我们恐惧老　害怕贫穷　厌恶背叛　因而我们夜半惊梦
在一棵树枯萎后　我们仍旧活着　这本身足以说明我们并不光明
我们如夜行的蝙蝠在夜的缝隙中飞　像地狱密使
在童色的马喊叫妈妈时　一切都不会因此变调或变色
我们紧闭住眼睛等待或寻找一条密色小径
在翅膀不飞翔时　我们以羽毛紧裹住身躯在宇宙中抖动
在光线变黑或是变铁色时我们紧揪住双手捂住尖叫
露水渐渐地变重了如雄浑的铁叮叮咚咚地响起来
面对一匹马的枯骨　我们缓缓地举起双手遮住眼睛
一切都在死　都在变白　都在粉碎　都在静下来
如海潮卷起小墨鱼的尾鳍及碎屑不顾一切而去
尽管是我在歌颂死　我还是惊心动魄
无论是我写不写落日如血　我都会热泪盈眶
我宁愿相信海深处　密林中　河对岸有一种琴在弹拨
它如风云　如铁锤　如凄厉　如永别　层迭而来逐浪而去

如一匹黑色的马惊恐从荒原上飞腾紧紧地抿起它的双耳

深灰色的波浪在大地上重重地划出一道世纪印痕

2012.10.23　9：15　北京昆仑饭店溪谷村日本料理

三

清晨　当阳光终于灿烂时　我看见彩色出现在地平线
如地狱中的一只麻雀飞翔而来　一片叶子从天上落下来
此时　我想奔跑　如邪恶的黑熊伸出巨大的尖爪
在黑暗的底部坐起来等待着有人一声令下
吞咽下一粒艰涩的榛子向着远处走动起来
并且向着一处处密林长啸或是悲鸣
事情就是这样的　不论你是生或是死
在你试着高尚时你却发现自己如此低下
在你试着死亡时你却发现自己　不值一提
你在黑夜中蜷缩起来戴好铁皮的面具入睡
这种阳光是死亡的　刚一发烫就变得冰冷无比
你刚想飞扬就变成了历史垃圾
麻雀们从不在彩色中飞因而它们懂得如何死亡
它们仅仅以细弱的羽毛就能让自己飞起来或深入地下
从来听不见它们唱歌或者是诅咒或者是有所绝望

它们不知死活了　由此判断或者是无赖或者是豪杰

2012.10.24　7：21　北京机场 T2 航站楼（赴普洱）

四

风起时　蜘蛛们轻微地抖动　紧紧抓住它们的丝
它们是杀手　是致死者　从来都是不动声色
它们永远保有出生的秘密如蓝海棠静静地开放枯萎
它们悄悄地设置绞索像大英雄静静地磨利他的刀刃
向上帝张起一张网　是世纪死亡的一种象征
阳光照亮了各种各样的死　例如谋害　肢解以及吸吮灵魂
因此　我常常在正午惊讶地观看一只只蜂鸟或是一头野猪被粘在网上
它们紧缩起来　扑扇翅膀　嘶声裂叫　在空中打滚
那种无赖的死让它无动于衷　可笑不耻
在蜘蛛的丝上　或是在海乌贼的爪中以及一头野狼的腹中都无所谓轻重
我在千万张网中小心翼翼地走动时　我会情不自禁地笑起来
我看到千万种死　千万个杀手　千万次死亡结局
这因此成为了一个谋杀的世纪　死的世纪　我也必须死
像一只鸽子先飞起来　然后被一个主人以冷峻的箭射碎
我因此会在密林中伸出手来随便指明一种方向

在那种通道中蛇行　匍伏　跳跃　迟疑　但并不回望
在红蜘蛛收缩爪子时　我也收缩四肢准备跨世纪一跳
在枯骨上空飞　在腐烂的牙齿上空飞　在一个世纪的墓场上飞

2012.11.11　6：31　美国洛杉矶圣马力诺温布利路 1416 号

五

黑沉的海静静的在月夜下让我的心感到了无垠的恐惧
即便是我在乎死　我也害怕从海中间跃出阴沉沉的鱼
我想听听有谁发出那种被撕裂的尖叫
此刻　我丧失了把手伸出来在海水里生长或是变形的勇气
海狮都不见了　可以想象它们正在岩洞里向我窥视
它们并不掩藏腥臭的体味或表明它们来自于地狱
它们一直把小海鸥的骨架种成海深处的蝴蝶兰
波涛汹涌或是平静如梦都散放出一种死的气息
往远处看　潜行的海鹰从水中正向空中飞起
由于月光的作用　它的长牙可以看得清楚无疑
它从空中抛下一只只乌贼表明它已完成杀戮
乌贼们闪亮亮的在海面上漂浮构成了死亡意象
我一直不想闭上眼睛尽管这是一个死亡夜晚
我迷恋种种死的过程　如一匹马迷恋于迷途
在我背过身变成海的一部分之时　我握紧了死亡钥匙
我知道在海的北纬 31 度　东经 22 度有通往地狱的门

2012.11.10　3：31　美国洛杉矶 Newport Beach，Linda Isle 96 号

六

昨夜　我刚回忆完往事　它又不干净又十分可疑
我总是在一条密径上走　像地狱密使摇着黑色的铃
在那种太阳下的墓前　我从来没有说过话以表明无足轻重
其实　我也种过一棵酸枣树以标示一种死的界限
大地空旷的那种背影一直是忽远忽近　忽暗忽明
我绝不想跟踪而去　因为我双手扎满了浅红色的酸枣刺
在手心暖起来时　我知道太阳要出来了　尽管它尚未出现
我用手及早指向一束星光以确定我在这个宇宙的位置
在我的视线中似乎是黑色的蝙蝠在飞飘忽不定
我宁愿相信它们并没有发出那种濒死的尖叫声
也许是它们把叶子撒下来　枯黑　迷离　臭腐　破碎
落在荒山之前它们就已经长出一粒粒透着水气的毛毛虫
猜测着我将去的方向和深度　我向黑暗和光明之处打了响指
荧光四起　寒冷紧紧地缩起来让原野显得很疼痛
此刻　我听到寒冬的蝉鸣但并不因此惊讶
因为大地正在转过来　转到太阳的另一侧

2012.11.10　4：02　美国洛杉矶 Newport Beach，Linda Isle 96 号

七

夜晚的树　朦胧　诡秘　在这个意义上它是一棵树
你可能从树根处仰望　枝叶间你能直接看到黑夜的深处
此时你赤裸不赤裸都不重要　你不可能与一棵树讨论死
即便是你以利刃深深地刺入树的枝干也不能让你不痛苦
在你是一个意象时　你呼叫还是闭嘴都不能让一棵树摇动
那种深深地把根扎向地狱并开放出恶之花来
在等待树亮起来的时候　宇宙会先暗下去　如一个铃铛
从不知光年的路途上摇响而来骑着枯骨的海羊
在这个意义上　死是一种高尚的结局　一种意象的表达
杀死和被杀死　都已无关哲学的最终意义
敲敲宇宙的门与远离一棵黑夜的树都无关活着还是死去
在雪花飞扬起来的深夜　你已经不需要再辨别任何方向了
那种冷冻在 8000 米高度的人已经让你失去仰望的种种可能
即便是你呼喊　哭泣　招手　这种宇宙不再是你的了
在天空慢慢亮起来时　你必须从那棵树上下来
并且　必须从一种死亡意象中慢慢走过

2012.11.10　4：54　美国洛杉矶 Newport Beach，Linda Isle 96 号

八

在知道“偷油婆”就是蟑螂时　世界上所有蟑螂就都死了
那种轻而易举的死　微不足道的死　都脱离了死的意象
比如　从一种悬崖眺望另一种悬崖时你只是一匹马
而从一种死亡观看另一种死亡时你就可能是一只蟑螂
蟑螂在黑夜飞起来时　它们是地狱的一种臭虫
它能从千里之外伸出细细的爪子捕捉一切生灵
当然了　在一切都没有消失前　蟑螂　也就是一个偷油婆
即使我们不再对死亡有任何质疑　我们还是痛苦不堪
那些观看马奔腾的人们慢慢都消失了　环佩叮当
夜一会儿白一会儿暗　在石头后面散发出香味或是恶臭
夜鸟无影无踪了　它的羽毛正在长成一根黑紫色的刺
生灵静下来　等待着某时某刻某处某个生灵被刺穿心脏
此刻　天空中洒下来一种露水　让你撕心裂肺地疼
它冰冷彻骨　空气沉重就如上帝的泪水
将死的马收起双蹄跪下　让鼻息渐渐地慢下来
在一切都安静后　一只蟑螂从地下爬出来去向了不明的地方

2012.11.10　5：42　美国洛杉矶 Newport Beach，Linda Isle 96 号

九

天空终于渐渐发亮了　远方的船也许在慢慢起锚
长蛇从海岸边爬上来　湿润　滑腻　吐出鲜红的舌
海乌贼也往海面上赶　戴着它们黑重的项链
它杀死过谁　捕获过谁　都无关紧要
拼命张望　谁也无法在此刻找出死的痕迹
厚厚的海在波涛将裂时先向深处深深地钻了下去
是鸟从海平面飞过　羽毛散落　叫声凄厉
它以白色的血痕在海面上划出一条长长的宇宙界线
声音开始嘈杂了　有呼喊有叹息有悲哀有惊恐
海拉开了地狱的窗帘　让所有的魔鬼都扑到了海面
突然间透明时　一切都在急急地赶路饥不择食
大白鲨向着海的远处疾驰一定是接到了死亡密令
没有人说什么也从无听到有人说过什么
说到死有的人恐惧　有的人担忧　有的人高尚　有的人只是死
我轻轻掀开海的一层皮时　没有听见任何人喊痛
之后　我穿上了一件皮的衣服戴上了一副死亡面具

2012.11.10　6：20　美国洛杉矶 Newport Beach，Linda Isle 96 号

十

母亲是一头迟疑的鹿　静静地死去后蜕下花色的皮
在这个意义上　死亡是一种极没意思的事情
在密林深处某一种枯骨长成喇叭花时你也不能闻到香味
那种少女肌肤的清新滑润以及神秘不定
那头鹿卧下来抬头看了看树叶中的光线然后死去
其实　她的皮毛已被地鼠撕扯回地洞做窝了
猎人们射出的箭一直在无声地从草叶中飞翔
他们是杀死者以母亲的枯骨做成射箭的扳指
蛇滑行起来　背朝阳光时它以长尾击断了一株马尾草
我宁愿相信它在隐没于草丛深处时发出了一声尖叫
光影下　一切都开始抖动　或是邪恶　或是腐烂
我知道　枯骨生长的季节　一切都有罪或是无罪
在某棵树的后面　我坐下来仰望着大鸟从树梢划过
它无声无息无形无影身披黑色的纱衣脚戴铁链
花蝴蝶飞出来如密林中的狼嗥或是草原上受惊吓的马奔
它们落下来时应该像千万种灵魂被上帝击得粉碎

2012.11.10　6：57　美国洛杉矶 Newport Beach，Linda Isle 96 号

十一

因为偷窥死　我在地平线上趴下来心情紧张
从那遥远的暮色　我盼望出现杀手或是死者
大地暖暖　因为它已被一整天的阳光照过并且没有发生任何事情
这种日子就算是无聊的　是想象什么都无法激动起来
我应该如狗　仔细地嗅觉过去的痕迹　那应该是死的气味
就是上帝还没有说你必须死或是生的那个年代的死的气味
如此地贴近地面才发现秋菊花都枯萎了尽管霜还没有来
它们残黄　余香甚至会有点死而复生或者破旧不堪的味道
在阳光还没有叮叮当当地消失前　有人或是生灵开始打呼噜了
似乎有什么人或是生灵在地平线上蹿出来又跳回去
我打起响指表示我的存在想说明我还没有死
之后　我在仔细地考虑后站起来向大地的深处撒了泡尿
我很喜欢这种尿的骚味　它让空气温暖起来
不去关心它是否淹没了小地鼠的窝或马兰花的根

当我站起来时我很喜欢　我是地平线的生死分界线
此时　我还看见一个巨大的影子在宇宙上站起来开始打哈欠

2012.11.11　7：04　美国洛杉矶圣马力诺温布利路1416号

十二

一条不知名不知颜色的蛇留下蜕过的皮在岩石后不知去向
它从石缝中穿过　若有若无地呼啸　不知是不是蛇在打口哨
它活着还是死了都暂时没有答案　极有可能让上帝感到头痛
就如它被谁杀害　还是正在捕杀谁　存在种种可疑性
我呢　因为无法蜕皮就显得很庄重因而一本正经
是等待死还是准备谋害都该显得彬彬有礼
但我还是忍不住想去翻开一粒粒石头看看蛇的死亡下场
它应该是腐烂的皮　细细的白骨　在慢慢地开花
天黑前我想应该回到母亲的怀抱稍稍温暖些以免过于恐惧
抬头看　低头看　左右看都会有不见踪影的蛇蜕下的皮
想一想　蛇的毒牙正在腐烂　我从心底升起幸灾乐祸的情绪
死亡在一个世纪都在让我们习以为常　无动于衷
因为不是蛇　我们才会千姿百怪地死　比如说被焚烧被砍头被枪毙
我们才会被埋在土里　抛在荒野　或被肢解以及被挫骨扬灰
我们才会被作为国家的敌人　民族的败类　才会因贫穷或是富有

被消灭干净

　　以蛇的角度　我们的死应该是一个世纪的蜕皮过程

　　　2012.11.11　8：02　美国洛杉矶圣马力诺温布利路 1416 号

十三

每一次登顶后我都祈祷下山时能看到雄鹰在飞
主要是我害怕死亡的死　害怕在冰峰上冻得刚硬
为了活下来我常常有很卑鄙的念头及不齿于人的举动
例如会跨过一个难友的尸体并且抢先在别人前面跨过冰缝
在别人死亡后我们变得高尚起来　因为我们没有死
太阳升起来时那种血色的红以及惨淡的白让活着有点儿诡秘
跨越一具具尸体回家　一如逃生者拼命下潜
实际上灵魂极有可能骑在鹰背走了
恐惧死让我们变得很低下很无耻很凶狠
问题在于我们把死只是作为一种肉体腐烂的过程
我猜想那些躺在 8000 米以上仰望太阳的死一定考虑着一千年以上的问题
那是一种死在阳光下被照耀　被闪亮　被慢慢地划过
伸出手不一定指向远方或是某一种死　也不一定是天堂或是地狱
让体温暖起来走过每一个死的呼吸

其实　这并没有关联　过去和未来　现实与存在的我

其实　在经历一万种死亡后　死不死都已经无关死

2012.11.12　4：23　美国洛杉矶圣马力诺温布利路 1416 号

十四

我一直都害怕一条大河会把我带向一个不知归宿的远方
它宽宽阔阔地　不动声色地　不知早晚地流起来　流下去
仔细想　这可能是一种死的畏惧　主要是不清楚谁在河底紧握着刀叉
它们把你穿在利刃上　让你的肚子先开始腐烂　在河面上飘　去向不明
那只小麻雀忽高忽低地急急飞过河面
我知道会有一只巨大的爪破水而出将我擒获
实际上这是因为我们从来都害怕巨大　无垠　空旷的历史原因
是因为那种微不足道的死　不可预知的死　无能为力的死
在历史的大河里　我们绝不会有一条破损的船可乘坐
无论是我们被残害被奴役被鄙夷还是被伟大
因此在每一个黎明我坐起来时都要敲敲墙以确定我与这个世界的关系
也就是说想知道我到底是在一条河的源头还是下游
这是一种测算死的腐烂程度　时间　地点的哲学公式
不管你死还是不死　你都已经具备了你的死亡特征与恐惧程度

尤其是当你坐在大河上来来去去的时候你已经无所谓死了
你或者麻雀都会在一条大河里　在阳光下飘　在月夜里上岸

2012.11.12　5：26　美国洛杉矶圣马力诺温布利路1416号

十五

有五个男孩在一棵柿子树下睡觉　以一种死的方式
星星的碎光诡秘地不知从何处照耀　此刻没有异样
是秋日　是落叶之后　柿子树上残留之物欲飞去
想象着死的程序　我慢慢地闭上眼　选择种种词语
野山羊在山路上走起来　极像一个杀手　一个逃亡者
它爬上山顶时仰望星空　滑下深谷时低沉鸣叫
它走进黑夜里　又从黑夜里走出来　身披露水　蹄溅火星
天地是静的　无色无声　像宇宙关上了窗帘
五种死　静静地躺下来　野山羊在黎明时回过头来
残留之物一闪　柿子树开始抖动　像接到地狱咒语
此时　可以用一种中性的词说说死　或是野山羊的去向
或者在一片什么落叶上写下死亡密码以及破解方法
躺下来　如蚁蝼伸出细爪紧紧揪住土地的每一道裂缝
在变成腐烂之物时　让身体暖起来以便感到疼痛与惊讶
不等待黑秃鹫铺天盖地　我困了　脱光衣服上床睡觉

以另一种死的方式在死的梦里向另一种死的方式致敬

2012.11.24　3：11　CA965 航班 2L 座

经法兰克福转里加参加环球中国会议

十六

作为一个迷路者　我从不急于找到归宿和惊慌失措
在我解构荒野时我心中的恐惧平静下来　不动声色
那些残缺的半蹄　隐约的毛发　失色了　暗锈了　星色空冷
煽手做风一切都抖动起来　像历史的破窗效应
在想象一条蛇如母亲般露乳而哺时我不禁哑然而笑
其实　我更想在一匹死去的骆驼怀中睡觉随便闻闻气息
并且不在乎宇宙的星光　从什么地方照耀或照耀什么地方
也不期望有什么生灵以流星的方式破碎而坠死得一层一层
那些高大的　永恒的　迷人的都好像在宇宙的另一头睡觉
那些低下的　短暂的　丑陋的都好像在历史的坟场中徘徊
我走动起来　目的是不要在一棵树后失禁或是死去
我学羊叫　学马鸣　学牛哞　学狼嗥　学母亲哭泣
在烈日下找到阴凉之处吐出血红的长舌瞪大眼睛
等待枯骨开出花来以异香扑鼻以异彩夺目
在倾盆大雨时　我急急而去　一闪而过　无影无踪
为什么呢　因为我身负使命向宇宙的主人送去死讯

2012.11.24　4：13　CA965 航班 2L 座
经法兰克福转里加参加环球中国会议

十七

死　是宇宙中的大词　以至于我不得不仰望而恼羞成怒
我很害怕死得微不足道或者是支离破碎
我在秋日恐惧于叶子枯萎　秋菊干黄　鸟飞鹰逝
落日时我惊心动魄　魂不守舍　喊着自己的名字
那种高深的风　厚重的云以及火红的霞光扑面而来时　我合十而立
轻如鸿毛让我的灵魂忽远忽近　忽暗忽明
在我突然鹿鸣时　我心中升起逃逸的愿望
我想这是出于对死的反感　对大词的厌倦
闭上眼我让脑海闪过一张张死亡的脸和无助的眼神
以指做笔　我在手心写下一个个大词以及上帝的名字
在去拉脱维亚的高空　我看到黑夜看到星光及黑色的椅子
我想坐在那张椅子上飞翔　在宇宙中忽上忽下
这是一种没有露水及历史的高空以至于我忘记向上帝打招呼或是做鬼脸
我写下一张死的大词让它飘然而下向土地的某个地方

此时我正在降下来　像上帝的痰从空中飘落　恶臭难闻

这是一种宇宙的大死意象我渐渐地昏迷起来　我困倦了

2012.11.24　5：01　CA965 航班 2L 座

经法兰克福转里加参加环球中国会议

十八

在法兰克福的黑暗中我一直听见可疑的鹿鸣或鸟吟
也许这只是出于对异乡的恐惧和陌生的犹疑
一切都在慢慢发亮　我开始在影子中走　渐渐看见自己
在微光中透视我看见我半是枯骨半是羽翅
我诅咒　光影效应　因为我从来不想与死有任何关联
即便是我吃腐尸看到别人死也还是不想显得过于残忍
从北京飞来　我只会一种语言　因而只想沉睡在世界的底部
那种柔软的恐怖以及辣烫的长舌无声地蔓延散放香味
出于对语言以及死的敏感　我驻足观摩一切可疑的影子
在我想摇曳一棵树时叶子与鸟一刹那飞得干干净净
它们都没有落下来像借机逃亡的死灵魂毫无踪迹
因此　太阳升起来时只有我在阳光下孤零零地站着
此刻一切都安静地开放或是闭合　分明是一种死亡意象
此刻一切都洁白无瑕　纤毫毕现　像上帝啃过的头骨
此刻　我的泪水涌出来　为一种至高无上的死而感动
并且为一切粗俗的死及低下的悲痛向上帝道歉

2012.11.24　8：25　法兰克福机场 A30 登机口

十九

我习惯于在雾中照镜子　因为我喜欢野狐狸的闪烁不定
它们捕食乌鸦　鲑鱼　兔子以及跟着魔笛走失的孩子
它们的森林长着白骨的花草以及牙齿的麦子和梨
野狐狸不在乎谁死亡谁被杀害谁长成了什么枯骨花
可是　作为一个猎狐者　我熟悉野狐狸的一切诡计以及逃亡路径
我一直在阿根廷猎杀它们　在北极圈设下陷阱
我知道它们在青藏高原如何跳跃　在何处出生
我以它们的皮毛作为死亡例证并一张一张地计数
在秋色的　白雪的　高原的阳光下　你只需心生杀机就成为杀害者了
你潜行　跟踪　偷窥　一击致命　构成死亡意象
烈日下它们优雅地逃亡　箭行　翻滚　突然转向
死亡时　它们紧缩住身体翻过身来死盯住你然后闭上眼睛
此刻　从逆光的角度你会把它们看成木棉花开放　谈不上枯荣
在它们渐渐地僵硬时　太阳也该落山了因而一切会静下来
我呢　慢慢地走动起来以表明杀手的身份和与野狐狸的关系
雾呢　又薄薄地漫上来　掩盖住我回家的路及死亡现场

2012.11.24　9：55　LH890　3A 座于法兰克福去拉脱维亚里加

二十

在里加黎明的黑暗里我猜测太阳将要升起的方位和角度
同时　我也猜测那天际线边的森林中谁在奔跑谁在潜伏
晨露被紫色的光闪亮前我轻轻地敲一棵树让它芬芳起来
这是十一月　浆果硬了　狐狸走了　群狼在猎杀最后一头鹿
鹿跪在了枯草中　选择了方向　把肚皮仰天表示了死去
转眼变成一堆白骨　先放射磷光　然后开花　然后又长出角样的刺
在恶臭扑鼻或是芳香沁肺时　我知道这是死的气息从枝叶中弥漫
撕裂　重哑　错行　迷踪　尤其是五彩斑斓
此刻　大地从深处开始发亮　一棵棵树摇动如不安的羊群
不知名的风像上帝大大叹了一口气　眨眼就扫净了天地间落叶与枯骨
乱石如疤痕　紧缩如无垠的疼痛及不知所措的意象
那些细细的弯弯的秘径如鬼魅的划痕或隐或现
必须侧耳倾听　因为一切声音都尖细　变调　陌生
每一棵树　每一块乱石后都开始沉重的呼息或是打哈欠

我猜测　蚁穴里　虫子们正围着一颗残碎的牙打转

那颗牙由于过于恐惧正紧紧地咬住了一些手指及腿骨

2012.11.28　11：40　CA932　1L 座　自里加经法兰克福返京

二十一

他　抽烟　是水葫芦烟　喝酒　把手伸进泥土里
他　算准了黎明时分的界点并精准地在那一刻吐出了大烟圈
再把酒撒在河流里时　水面上漂浮起灰暗色的鱼
无骨无鳞　无眼无尾　无来无去　像一种屠杀现场
打出无聊之极的手势后　他劈倒了藏着野猫的树
它们飞身而下　像纽扣一样扣起来　又脱落散去
还好　一切都正依着时光的次序变白　变蓝　变臭　变重
并且　他在举指叩响地狱的门栓时　先大大地一声咳嗽
枯树枝令人不快地做刺击杀鸟　盘缠蛇以及打口哨
他往怀里揣入一块巨石　如刺客准备下地狱或是上天堂
从弥蒙偷窥　眼睛如沉底的鱼鼠　不恐慌　不惊疑　不泥腥
在天亮起来时　像星星一样消散或是如地狱里珊瑚长出枝叶
由于需要假寐　他盘起腿　把腐烂的屁股向远处亮出来
因为屁很多　天地间恶心得让人想吐　想哭　或是想大笑
一切都因此而死　因此而生　因此而被诅咒　因此而被歌颂
其实　他真的死了　死时他把一方黑手绢系在了一只鸽子的颈上

2012.11.29　4：26　北京长河湾

二十二

树下　一粒荒石开满了红石花　像野鸽子的窝或是山羊的天葬台
这是棵大树　半枯　常常电闪雷鸣　腥风血雨
黑暗时　蛇形　鱼飞　卵碎　蛙硬　长鞭无色　一挥而过
他在荒石上坐下来　拍了拍手掌　以便让天地安静
由于有了主人　黑狼翻山越岭而来　以枯骨魂灵为礼
他挥一挥手　让天色亮一些　借以鉴定魂灵的成色
在透不过气时　秃鹰从树上掉下来被他吐了一口唾沫
此后　天地间再也没有秃鹰吃腐尸抢尸骨以及啄食婴儿
一切成幻象时　黑乌鸦患了啄羽症　把黑羽散满了天空
星光因而黑亮　透白　碎重　诡秘　无法仰望　无法凝视
地河的水流　流出来又流回去　不知深浅　因而不能测度
在它的湿地上照镜子　洗长发　画眉毛　兰花指顾盼自如
细骨花黑艳艳地长出来时　魂灵们都离去了　孤芳自赏
一头野龟从黑水中爬出来　如细骨花的果子准备发芽
那些大词都消失了　那些大的灵魂都倦困了　拉上了黑色窗帘
多腿的百足虫急急而来　像怕错过葬礼的琴师按着一种节奏行进

2012.11.29　5：23　北京长河湾

二十三

他在山林湖泊急急滑行时并不把肚子里的烟吐出来因而苍白疲惫
坐在一粒头骨上　他放屁擤鼻涕吃鹿头冷眼斜视
有点冷时他蜷缩在石缝中打呼噜像一个恶魔龇牙咧嘴
麻雀呀　乌鸦呀　野狗呀都过于惊恐而逃　因而残羽片片
作为一名观察者　我很想伸手捻捻他的胡须以确定残忍手段
并且　想确认卑鄙　下贱　无耻　淫荡在死亡意象中的词语地位
我极想如他挥手白骨　扬眉黑暗　低吼如雷　生生死死
或者是手扣袖箭　心怀杀机　潜行跃动　无所顾忌
他呢　只是站起来　披上一件黑长衣服　在大地上跺脚掸泥
不在乎让多少生灵魂飞胆散　飞沙走石　遮天蔽日
此刻　他赶出了他的马群　飞驰原野　摧枯拉朽
他让鹰从天外赶来　在天空中撒满了白色的花
回头时　他鼻子哼哼　像是对天地不屑　或者是挑战
像吹灭生日蜡烛一样　他吹干河流　吹倒森林　吹暗星空
黑骏马不辨方向地走来走去如等待主人的地狱坐骑
蹄声孤重　我轻轻地为它打着节拍

2012.11.29　7：11　北京长河湾

二十四

清冷的孤月下各种影子都在抖动　起伏　隐没　以及低鸣
脚步声　马蹄声　羽翅声　以及蹑手蹑脚的走让原野显得空旷而恐惧
一片羽毛飘过时　就会有一首响指打起来　轻弱诡秘
风流水　夜霜如死去的鱼一条条浮动　闪烁星光而黯然
荒石红起来又暗下去　像花开了又败
树丛中　依序闪动　蛇蜕皮鹿掉角　异香扑鼻
草叶后　眼神冷异　舞清影弄长发　柳眉齿白
干褐的蛾虫一只只地在枯木上走从地狱而来又向地狱而去
枯木上留下蛾虫一行行行踪不定的红色蹄印
影子舞在石头上轻轻地弹拨　若轻若重　若云若月
咳嗽声起　一切都静止不动　等待一种死神
灰蛙向四处爬去　时而在落叶下　时而在月光中
它们因冷冻而变成石子时大地像长了一层层烂疤
影子们都恶臭起来如腐烂的蛆挤来挤去
啄木鸟开始在白骨上做洞　寒彻透顶鬼魅无垠
一片血红色的浮萍慢慢地从地心深处长出来并四处蔓延

2012.11.30　7：19　北京长河湾

二十五

一匹骆驼在沙漠中瘸行时　面对夕阳卧了下来
蝎子从沙下　天空风里　以及四面八方急急而来杀手般矫健
流沙向东滑动　又向西流回来　一根枯骨被埋住又显现
响尾蛇嘶哑着敲打尾巴　站起来红舌四卷又伏下来怒目而视
骆驼困倦地闭上眼睛了　刹那间一切平静像刽子手高举起刀斧
在这种世界之死的意象时　我的心沉重起来如一个哲人
于寂静中深深地呼吸　以骆驼的步伐慢慢走向黄沙的天际
此刻　我没有飞起来的欲望　也没有对死亡的怜悯以及恐惧
风　褐黄的一层层如薄纱帘漫上来又掀开　掩不住白骨与枯木
半锈的驼铃若隐若现　四脚蛇的孩子正在里面纳凉睡觉
环顾夜空　语言的马奔跑而至　黑色的　繁体的　复式的种种死亡
它们于沙砾下准备长出花来　并且要芬芳出一种令人心碎的香气
无形的小径在月光下总可以找得到　因为那些残铁枯骨与海明威
其实　你根本用不着一把猎枪对准自己　你只是一粒死亡的种子　谈不上高尚与低下
不论你是在沙漠中开花　还是蜕皮　残骨　或是蛇行　都已

与世无关

身困其中　你只能合十坐下来以眼观心　慢慢变成宇宙中的一个大词

2012.12.4　7：11　北京长河湾

二十六

在故乡的上空飞翔时我观看干涸的湖泊远逝的大河
暮色于树林中迷醉　漫延　轻重　忽紫忽蓝
山脉中　隐身于寒石中的巨兽如捕食尽生灵的猎户以一千里的长度入睡
此时　无人逃避　也无人追捕　只有千万条灰蛇笔直地向一个方向行进
戈壁滩上　我少年时的足迹如一条条银枯的鱼　头都朝向大海
逆风　逆光　逆向　逆流　我的影子奔跑　跳跃　闪烁
在角度变成一棵棵刺时我感到了心痛也感到了遥远与冷
此刻　荒原如马群狂乱　卷起烟尘　雷闪电鸣
因为是故乡　总会有一群鸟飞起来　鸣叫　黑重　时隐时现
它们飞过来　像过冬的酸枣　它们又飞过去　如枯败的沙枣树叶
光线　如一堆篝火熄灭时厚红　深褐　像宇宙的火种掩藏于灰烬
寒冰如巨兽擤过鼻涕的手帕闪亮　冷硬以及不可直视
白雾　从寒冰下穿透光线　弥漫　让远山和大河如旧蚀的记忆
一切的冷　从荒石下　沟壑中　枯枝间渐渐清晰而至

失缰的马不再奔跑　在天地间卧下来　向四面八方打着响鼻

之后　雪花飘起来　雪花飘起来　雪花飘起来

2012.12.16　4：55　北京长河湾

二十七

我　曾在人类的顶峰仰望星空　心生疑虑
那一层层的星云灰暗诡异　闪烁如无尽的密林里绿眼重重
在剑指而喝的意念下　我看见流星疾驰环佩叮咚
如远行的马空鞍　孤寂　不四蹄飞溅不昂首嘶鸣
眨眼时　星空深处的落叶飘散而下　枯银铁重　忽隐忽现
它们划过我的脸　沉浸于云层　腐烂破碎在天地间散放异味
闪电于无垠处明亮而显锈色　无声而尖厉　消失于群峰
雪花　在云层下飘起来　如迷茫的海失去了帆影以及螺号
异黑的气息于黑重的大地深处一层层弥漫　扑鼻　若有若无
遥远处灰石抖动　如瘸腿的狼站起来又卧下去
彻骨的冷也因此让一切都渐渐透明起来深厚于空色
山峰中　隐现的路径微微扭动如宇宙的疼
旗子　在顶峰升起来　变幻　暗褐　无垠　古旧
风暴吼叫起来　穿越石壁冰雪　阳光以及星光　于顶峰向山谷而去
山峰流动着　如阴暗的礁石　忽高忽低　忽起忽伏

抬头　一艘黑帆的船正从宇宙深处急急而来

2013.1.26　16：07（美国洛杉矶时间）CA983　1L 座

二十八

午夜　无名树下一眨眼就布满落果　如死亡的鱼飘浮在湖面
寂静得如同一种脚步　诡秘而来　夜在星空下紧缩无垠
慢慢地从大地上扫视　有的惶恐　有的敌意　有的嗤之以鼻
蝙蝠于天空中从一棵树到另一棵树　变成叶子挂满空中
那些尖利的爪子在黑暗中划动　如撕碎阴魂或是灵魂的刑具
一切光影或者光线都沾有血迹　腐烂或是恶臭起来
长翅的大鸥从宇宙深处急急而来捉起一条黑豚又急急而去
食蚁兽伸出长舌卷食荒山密林中的一切生灵以及中箭的鹿
叶子中　那些巨眼　尖牙　利爪以及低吼一闪而过　去向不明
像德里达的词　历史以及后现代性在支离破碎后变成了时间的蛆
或者说一片羽毛变成了另一只鸽子后在死亡传说中飞
无法仰望　无法回忆　无法描述　无法传颂
此情此景　更可能的是兜里装满了落果反而成为了世界的累赘并粉身碎骨
残害是构建者　上帝的鱼以星星为生　在大地上孵化邪恶的卵
等待发生的眼睛隔岸相望　讥讽　不屑　阴冷　置于死地
绝境中的骡子向四方打着响鼻以表示对于未来的恐惧

2013.1.30　3：18　洛杉矶圣马力诺 Wembley 1416

二十九

腥色的阳光中　秃鹫缓缓地飞　滑过一腔黑长的死亡弧线
死魂灵们仰望　以一种荒原中的野性及弃世的沉默
阳光滑过的石头粪便般寒冷无法驻足更无法作为死亡现场
秃鹫以利爪抓起一种腐尸不在乎岁月以及高尚与低贱去向远方
于无垠中观望　山峦的去处光线灿烂上帝刚刚推开了门窗
期待着庄严的生以及辉煌的死　被祝福　被诅咒　秃鹫伸展双翅
蒿子烟升起来　野狗从天地的深处渐露身影以捕食者的姿态潜行
光明照到哪里　它就在哪里猎食　如时空的终结者
温暖与羽骨闪烁起来　秃鹫在天葬台上孤立如灵魂的放牧者
一群曾经的牦牛负重而来　如迷途而归者摇响了铜铃
它们如盲者蹒跚　如富者自傲　犹如赴死者步履艰难
它们在阳光下抖动　在温暖中躁暴　在无垠中茫然
它们吞食大地　它们不在乎路径　它们不顾忌归路
它们甘愿作为秃鹫的坐骑　最后的晚餐
它们如岁月的死而复生者并不表明生得光荣死得伟大
它们只是吃草　是解构者　在一切历史生长出绿芽之时

2013.2.3　4：14　CA986　1L 座（从旧金山返京）

三十

冰原　音色紧缩起来　光线抖动着波涌而来　寒厉　无垠
天空中　飞满了透明的薄翼的海鸥　滑行　跃伏隐秘
岩石与白冰于曙光中隆起　凹陷　如惊诧于异象的上帝压抑于喘息
极目眺望　视线于冰冷中蹒跚曲折　茫然在一行巨足行迹不明的去处
不会有潜伏者　也不会有幸存者　因而也不会有人呼唤起来
巨大的手也不会从千年的裂缝中拎出一具忍痛的躯体或是僵硬的灵魂
那种随着指尖划动的风流以及恐惧从透微的黑暗中渐渐成形
它们炸裂　挤压　粉碎　流动成山以至于奔涌如冰河
飘浮者与飘荡者在落日下闪动或是伏在巨兽的背上走
或者说被巨大的白鸥抓紧了背向宇宙的牢狱飞去
冰层中化骨的影子以仰视的姿态在光线下曲线变成痛不欲生
被无视者　被摒弃者　被践踏者　都瞬间迷乱　破灭以及消失
此刻　独立于冰原上不知道风从何起　惊慌于微不足道
残色在月光中渐渐枯白　像宇宙中最后的词　消解于无声无味

没有谁急急而来　急急而去　如上帝的密使睡着了

确实　谁也不会握手低呼　死亡意象

2013.2.17　4：18　北京长河湾

三十一

这是一首现代性困境的最后哀鸣之作。从《都市流浪集》到《小兔子》、《第九夜》以及《绿度母》，或者说《知青日记》、《文革记忆》、《动物日记》等等，其实都是一种世纪失落，或者说哀歌式的情绪。作为一个商人，一个财富的获得者，看到的是更多的生存的无意义。当所谓的宏大愿景、历史叙事仅仅变成了物欲的、群体的、变态的、贪婪的获得和再获得之后，人就被人类解构了。在尼采声称“上帝死了”之后，我们就不再相信过去和未来了。然而，在种种民族复兴、国家强盛、社会富足、个人自由的全球化的迪斯尼叙事中，人被消解得支离破碎了。那些巨大的愿景、宏大的叙事、强势的权力覆盖了一切，以至于你感到了无助，在你渺小微不足道时，你就会自弃、放纵，你就生活在一种人的死亡意象的场景。

现代性是没有终点的。我们已经深陷其中。也许再往下写或者说再往后走，我们会回到那种哀歌式的浪漫主义意象中。在这个意义上，有可能是现代性的更高层次的异化。

下一次，我们回归浪漫主义吧。从这个角度看，死亡意象是现代性写作的一种解构。解构了人和当下之后，应该回到存在的源头去，在那里还原作为人的存在意义。

2013.2.19　16：00　中坤大厦办公室

图书在版编目（CIP）数据

骆英诗选 / 骆英 著. -- 北京 : 作家出版社，2013. 5

ISBN 978-7-5063-6929-9

Ⅰ. ①骆… Ⅱ. ①骆… Ⅲ. ①诗集 - 中国 - 当代 Ⅳ. ①I227

中国版本图书馆CIP数据核字（2013）第101645号

骆英诗选

作　　者：骆　英
责任编辑：懿　翎
装帧设计：牡丹平面
出版发行：作家出版社
社　　址：北京农展馆南里10号　　**邮编：**100125
电话传真：86-10-65930756（出版发行部）
86-10-65004079（总编室）
86-10-65015116（邮购部）
E-mail:zuojia@zuojia.net.cn
http://www.haozuojia.com（作家在线）
印　　刷：三河市华业印装厂
成品尺寸：152×230
印　　张：25.75
版　　次：2013年5月第1版
印　　次：2013年5月第1次印刷
ISBN 978-7-5063-6929-9
定　　价：46.00元